LÉO SACRIN
MÉMOIRES CATASTROPHIQUES POUR COLLÉGIENS DU FUTUR

L.A. CAMPBELL

LÉO SACRIN
MÉMOIRES CATASTROPHIQUES POUR COLLÉGIENS DU FUTUR

Traduit de l'anglais (américain)
par Vanessa Rubio-Barreau

GALLIMARD JEUNESSE

Conception de couverture © Mathew K. Maley, 2013
Dessins annexes de couverture : L. A. Campbell

Titre original : *Cartboy and the Time Capsule*
Édition originale publiée en 2013 par Starscape,
division de Macmillan, États-Unis

© L. A. Campbell, 2013, pour le texte
© Éditions Gallimard Jeunesse, 2013, pour la traduction française

Pour Ian

Hello ! Salut ! Zip Dop Smirg !

Je m'appelle Léo Sacrin.

Je ne suis pas sûr que « Zip Dop Smirg ! » soit l'expression qui convienne pour saluer quelqu'un qui vit dans le futur, mais je tente ma chance…

En fait, je ne sais même pas si vous êtes un enfant… ni même un humain. Si ça se trouve, vous êtes un robot. Ou un androïde. Ou un extraterrestre venu d'une planète inconnue.

La seule chose dont je sois sûr, c'est que, si vous êtes en train de lire ces lignes, vous avez découvert la capsule temporelle. Et que vous vivez dans le futur. Quelques centaines d'années après moi. Parce que, d'après M. Tropas, la capsule ne sera pas ouverte avant.

M. Tropas, c'est mon prof d'histoire. Il a les cheveux blancs, des bretelles pour tenir son pantalon et un nœud papillon.

Le nœud papillon est un accessoire de mode qui colle instantanément cent ans de plus à celui qui le porte.

Aujourd'hui, il nous a donné un devoir monstrueux. Non seulement ça va nous demander un boulot énorme, mais en plus ça nous est tombé dessus sans prévenir. Et, selon moi, il aurait mieux valu nous y préparer un peu à l'avance.

En entrant dans la classe, je me figurais qu'il s'agirait d'un cours d'histoire normal au milieu d'une journée d'octobre banale. Mais la première chose que j'ai aperçue, c'est une gigantesque pile de livres sur le bureau de M. Tropas. Des livres tout neufs. Qui m'avaient affreusement l'air de journaux intimes vierges.

En m'efforçant de maîtriser le tremblement de ma voix, j'ai demandé :

– C'est quoi ?

Il en a pris un pour me le lancer.

– Voici comment vous allez laisser votre trace dans ce monde, monsieur Sacrin. En écrivant à quelqu'un qui vit dans le futur, afin de tout lui raconter sur notre époque actuelle. Sur la vie que nous menons.

– *Tout ?* ai-je répété, paniqué.

– Oui, mais ne vous en faites pas, vous avez une année devant vous.

Si j'avais bien compris, M. Tropas était en train de me dire qu'il nous donnait un travail à faire sur *l'année scolaire tout entière*. Alors j'ai posé une autre question :

— Ce ne serait pas illégal, ce genre de devoir ?

Mon meilleur ami, Paul Giannelli, a levé la main.

— On doit écrire sur quoi, monsieur Tropas ?

— Réfléchissez. Si vous étiez en contact avec quelqu'un qui vit dans le passé, qu'aimeriez-vous savoir ? Quels seraient les sujets intéressants à aborder ?

Des propositions ont fusé des quatre coins de la classe :

Non mais, franchement, ils ne se rendaient pas compte que chaque suggestion rallongeait un peu le devoir ?

Moi, j'ai préféré me taire !

M. Tropas a distribué les journaux dans la classe.

– Oui, très bien. L'alimentation, le logement, les moyens de transport, l'habillement, la technologie… Vous pouvez illustrer vos textes d'images prises sur votre ordinateur et également dessiner vos propres illustrations. J'aimerais que vous réalisiez plusieurs frises chronologiques montrant l'évolution de chaque thème du passé jusqu'à nos jours.

Des frises ? Des illustrations ? Oh, non… !

– Et quand on ne sait pas dessiner ? ai-je demandé en me retenant d'éclater en sanglots.

– Faites de votre mieux.

Chat dessiné par un artiste   Chat dessiné par moi

– Le dernier jour de classe, nous mettrons tous les journaux dans une capsule temporelle que nous enterrerons, ici, dans notre bonne ville de Stowfield en Pennsylvanie, a expliqué le professeur. Sur le terrain du collège. Mais il faut que nous trouvions l'endroit adéquat. Où on ait la place de cacher une grande caisse étanche. Et où le sol ne risque pas d'être retourné avant bien longtemps.

M. Tropas a rajusté son nœud papillon et m'a désigné du menton.

– Qu'en dites-vous, monsieur Sacrin ? Auriez-vous une idée ? Une bonne cachette où un objet pourrait rester enterré des centaines d'années ?

– Euh... dans le fond de mon casier ?

Comme chaque fois que je fournissais une réponse en cours d'histoire, le prof a secoué la tête avec un gros soupir avant de se tourner vers quelqu'un d'autre. Il a désigné Juliette Shamo, qui s'assoit toujours au premier rang.

– Juliette, à votre avis, où pourrions-nous enterrer notre capsule temporelle ?

– Sous les gradins du terrain de football ? Personne n'y va jamais.

– Bonne idée ! Alors c'est décidé, ce sera sous les gradins. Nous indiquerons sur la capsule qu'il ne faut pas l'ouvrir avant 2500, au plus tôt !

Si ça ne tenait qu'à moi, je remplirais la capsule de boules Mammouth et de Carambar. Ça dure des siècles, ces trucs-là.

M. Tropas a passé le reste du cours à nous expliquer à quel point notre travail serait utile aux gens du futur. Car celui qui trouverait nos journaux aurait une meilleure compréhension de l'histoire. Et que le simple fait de les rédiger nous permettrait de mieux comprendre l'histoire également.

– Je vous promets, a-t-il conclu juste avant la sonnerie, que ce travail vous apportera beaucoup.

J'avais surtout l'impression que ça allait me donner des crampes à la main parce que c'est long d'écrire pendant toute une année à quelqu'un.

Qui pourrait bien être un extraterrestre.

Ou pas…

LOGEMENT

Cher découvreur de la capsule temporelle sous les gradins,

Si vous venez d'arriver sur Terre et que vous cherchez un logement (un endroit où habiter), j'ai deux choses à vous dire :

1) Bienvenue
2) N'achetez pas de maison avec terrasse ou vous le regretterez.

Je l'ai appris à mes dépens lorsque j'ai demandé à mes parents d'avoir ma chambre à moi.
Pourquoi un garçon de douze ans aurait-il besoin d'avoir sa chambre à lui ? me demanderez-vous. Il y a de nombreuses raisons à cela, mais les deux principales ont pour nom Béa et Alice, mes petites sœurs, des jumelles. Non seulement on partage la même chambre, mais mon lit est *entre* leurs deux berceaux.

Si on compte bien, avec les pleurs, les dents qui poussent, les renvois, les couches à changer… j'ai dû dormir à peu près sept minutes depuis leur naissance.

Bébé de taille moyenne.

Taille moyenne de la benne à ordures que ce bébé remplit de pipi, caca et vomi durant sa première année.

Inutile de préciser que je tanne mon père nuit et jour pour qu'il me laisse m'installer dans le petit bureau.
— D'abord, j'en ai besoin pour mon travail, répond-il en général. Et en plus, pas la peine de me demander quoi que ce soit tant que tu n'auras pas de meilleures notes en histoire.
À en juger par mes résultats, il faudrait un miracle. On est seulement au mois d'octobre et M. Tropas nous a déjà fait dix interros surprises ! Pour l'instant, j'ai toujours obtenu la même note…

Indice : il s'agit d'une lettre entre C et E.
L'initiale de Débile, Désespéré et Désastre.

– Je ne tolérerai pas que mon fils soit nul en histoire ! vocifère mon père à chaque fois. Fais un effort, Léo. L'histoire nous explique pourquoi nous sommes ce que nous sommes…

– J'adore l'histoire, papa. Mais c'est difficile de se concentrer avec deux bébés qui pleurnichent à côté… Si j'avais ma chambre à moi…

– C'est reparti ! Tu sais que je travaille à la maison. Et que j'ai installé mon atelier dans le bureau. J'en aurais pour des mois si je devais changer de place. En plus, les affaires ne vont pas très fort en ce moment, il n'est donc pas question qu'on déménage.

En principe, à un moment ou à un autre de la conversation, je me tourne vers ma mère pour obtenir son soutien. Mais elle a également de très bonnes raisons pour ne rien changer :

– C'est bien de partager. Comme ça, tu seras plus proche de tes petites sœurs.

Ou bien :

– Une petite maison, c'est plus écolo et bien meilleur pour l'environnement.

Ou alors ma variante préférée :

– Si tu es stressé, je peux te poser quelques aiguilles dans les pieds, mon chéri.

Car pour « mettre un peu de beurre dans les épinards », ma mère a décidé de prendre des cours du soir. Elle veut passer un diplôme d'acupuncture, une sorte de médecine chinoise très à la mode de nos jours.

Paraît que ça existe depuis des siècles en Asie, mais ça me laisse un peu perplexe car le concept génial de l'acupuncture, c'est de planter des aiguilles un peu partout dans le corps des gens… pour qu'ils se sentent mieux. Allez comprendre !

Ma mère s'entraîne à l'acupuncture sur notre lapin, Filou. Je ne suis pas sûr qu'il apprécie vraiment.

En général, à la fin de la discussion, j'en suis toujours au même point. Assis sur mon lit, à écouter mes deux sœurs babiller sans fin.

L'autre soir, Alice regardait par la fenêtre les branches des arbres qui bougeaient.

– A du vente deho ! Beaucoup vente !

– Oui, il y a du vent dehors, ai-je répondu.

Avec Béa, elles se sont mises à agiter leurs bras en l'air comme des folles en répétant :

– Vente ! Vente !

Et ça m'a donné une idée.

«Eurêka! ai-je pensé. J'ai trouvé!» Il suffirait de mettre notre maison en VENTE. Et de trouver un acheteur qui fasse une offre que mes parents ne pourraient pas refuser.

Bien sûr, ils répètent sans arrêt qu'ils ne déménageraient pour rien au monde. Mais si on leur en proposait un bon prix, ils changeraient sûrement d'avis.

Alors samedi dernier, quand mes parents sont allés rendre visite à papi Janson, je leur ai dit que je restais à la maison pour travailler. Dès qu'ils ont été partis, j'ai imprimé une affiche sur l'ordinateur: «VISITE LIBRE». Ça veut dire que les passants peuvent entrer librement et visiter pour voir si notre maison les intéresse. J'ai même décoré le panneau pour faire bonne mesure.

Pour une raison qui me dépasse, dès que les gens voient un ballon, ils ont envie d'acheter.

Ensuite, j'ai mis un costume que j'avais emprunté à Paul – celui qu'il portait à la bar-mitsva de Billy Cohen. Bon, d'accord, il était un peu *too much* pour moi. Et pas seulement parce que je n'ai pas l'habitude d'être en costume.

Paul aime s'habiller chic car il est convaincu que «les filles remarquent ce genre de détail». Et puis, il se met du gel dans les cheveux parce qu'il trouve que ça fait «sophistiqué».

J'ai planté mon panneau et, une demi-heure plus tard, la douce musique de la porte d'entrée a résonné à mes oreilles.

Ding dong!

Un charmant couple se tenait sur le perron.

– Bonjour, nous venons pour la visite, a annoncé l'homme.

– Entrez, entrez!

– Le propriétaire n'est pas là?

– Il revient de suite. En attendant, je vais vous faire faire le tour.

Tout en inspectant la maison, l'homme m'a bombardé de questions:

– À quelle distance est l'école la plus proche?

– L'école élémentaire de Stowfield est à deux pas, monsieur.

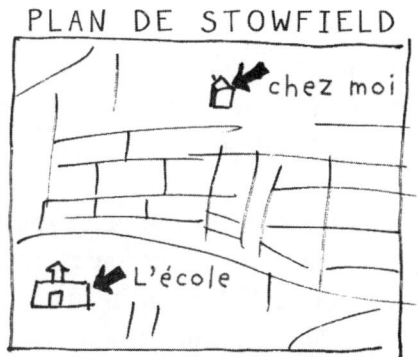

En réalité, c'est à deux kilomètres, mais avec des bottes de sept lieues, ça doit faire deux pas.

En entrant dans la cuisine, ils ont levé les yeux vers le plafond.
– Vous avez des problèmes de moisissure ? s'est inquiétée la dame.
– Oui, ai-je répondu, préférant être honnête.
J'ai pris le restant de Bleu de Bresse de mon père dans le frigo et je l'ai jeté à la poubelle en déclarant :
– Voilà, c'est réglé !
L'homme m'a regardé droit dans les yeux.
– Existe-t-il des défauts structurels ou des hypothèques afférant à cette propriété ?

Ding dong ! Par chance, j'ai été sauvé par le gong.

Les visiteurs suivants étaient une dame d'un certain âge et son « ami ». En leur montrant les lieux, j'ai vite découvert qu'il s'agissait en réalité d'un inspecteur de la sécurité sanitaire.

– Je préfère être bien accompagnée, s'est-elle justifiée. Comme ça, je sais s'il y a des problèmes dès le début.

Au bout du couloir, ils se sont arrêtés devant « le bureau ». Enfin, la pièce qui devrait être ma chambre.

– Qu'est-ce qu'il y a, là-dedans ? m'a questionné l'inspecteur.

– Hum… Nous sommes en train de refaire la peinture, ai-je menti. Il ne faut pas laisser sortir la poussière.

Il m'a lancé un regard soupçonneux avant de se tourner vers son « ami ».

– Allons voir l'extérieur.

Tandis qu'ils sortaient sur la terrasse, je suis resté devant la porte du bureau. Je ne voulais pas qu'ils l'ouvrent et j'avais mes raisons.

J'avais honte.

En fait, cette pièce est remplie de micro-ondes du sol au plafond. Et de lecteurs de DVD. Et de grille-pain des années soixante-dix. Les appareils que mon père répare, c'est son boulot.

Il y a également des tournevis minuscules, des fils électriques et des outils partout. Couverts de poussière et de cambouis. Chaque fois que je jette un coup d'œil dans son atelier, je me demande pourquoi mon père aime tant s'entourer de machins antiques. Pourquoi il ne préfère pas les trucs neufs, comme les autres pères ?

J'étais toujours planté devant la porte quand l'inspecteur a surgi en m'agitant un papier officiel sous le nez. Aussitôt, mes paumes sont devenues moites. Oh, là, là ! Déjà une offre pour la maison ? Ça me semblait un peu rapide, mais si la dame avait eu le coup de foudre, hein, pourquoi pas ?

Avec mon papier à la main, je m'imaginais déjà ma nouvelle chambre. On pourrait installer *Secret Cavern* (le meilleur jeu vidéo du monde) sur mon ordi. Et à côté une petite table spéciale pour les beignets au chocolat avec des vermicelles arc-en-ciel dessus...

Simple beignet nature

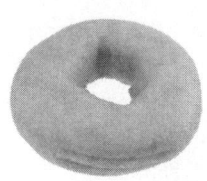

Beignet au chocolat saupoudré de vermicelles arc-en-ciel

Méfiez-vous du muffin, qui n'est bien souvent qu'un truc étouffant aux céréales sous l'apparence trompeuse d'un délicieux petit gâteau.

J'étais perdu dans mes réflexions sur l'endroit où installer cette table spéciale beignets quand j'ai entendu l'inspecteur annoncer :

– Vous êtes en infraction. Article 1-13, paragraphe 9 concernant les balustrades de terrasse.
– Merci… HEIN ? QUOI ?
– La balustrade de votre terrasse n'est pas conforme aux normes en vigueur. Les barreaux sont espacés de 12,50 cm, au lieu des 10 cm réglementaires. À en juger par les nombreux jouets qui traînent partout, je suppose que de jeunes enfants habitent dans cette maison.
– Oui. Deux.
– Jeune homme, je vous conseille de mettre votre balustrade en conformité pour leur sécurité. Et pour éviter l'amende.

Plutôt que payer des amendes, mon père préfère encore…

Être plongé dans l'huile bouillante.

Être dévoré par un puma.

Mes parents et mes sœurs sont rentrés de chez mon grand-père bien plus tard dans l'après-midi. Mon père a été surpris de me trouver sur la terrasse.

– C'est la première fois que je te vois un marteau à la main !

– Je ne voudrais pas que Béa ou Alice tombe. Ces barreaux sont un peu trop écartés, tu ne trouves pas ? On pourrait arranger ça ensemble, qu'est-ce que tu en dis, papa ?

– Ah, je reconnais bien là mon fils. Pourquoi acheter du neuf quand on peut faire avec du vieux ?

Pendant deux semaines, j'ai donc occupé tout mon temps libre à bricoler sur la terrasse en me disant que jamais je n'aurais ma chambre à moi.

Et que je passerais le reste de ma vie entre deux gamines qui n'ont que cinq dents à elles deux.

Chronologie des tentatives humaines

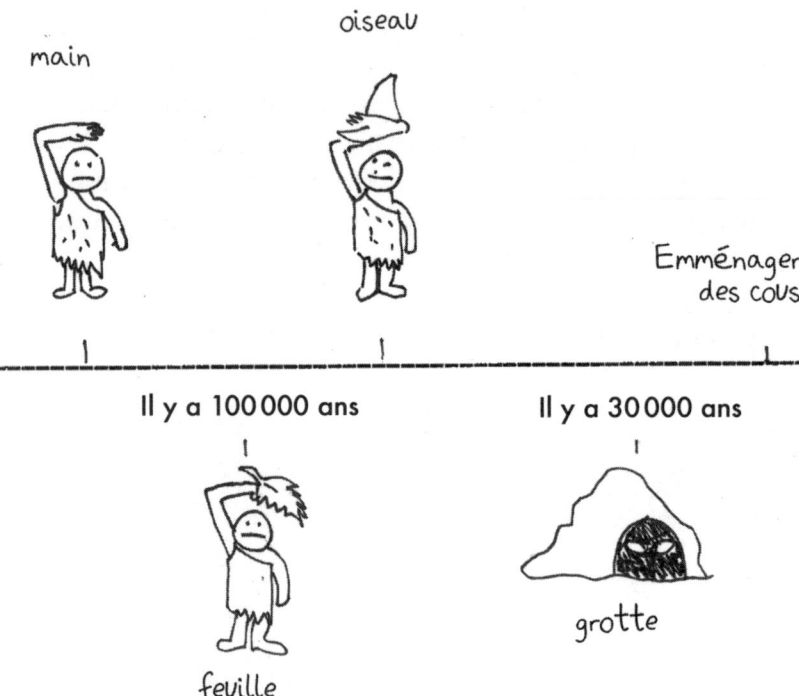

pour avoir un toit au-dessus de la tête

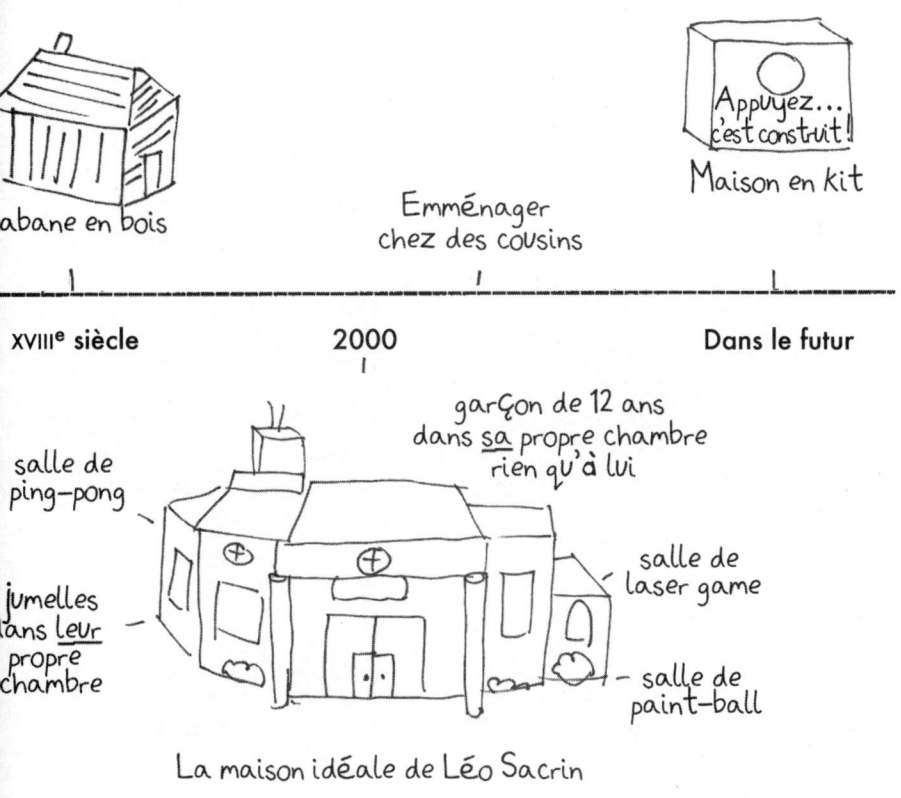

cabane en bois — Emménager chez des cousins — Maison en kit

XVIIIᵉ siècle — 2000 — Dans le futur

salle de ping-pong

jumelles dans <u>leur</u> propre chambre

garçon de 12 ans dans <u>sa</u> propre chambre rien qu'à lui

salle de laser game

salle de paint-ball

La maison idéale de Léo Sacrin

MOYENS DE TRANSPORT

À celui qui a trouvé la capsule temporelle et a ouvert mon journal,

Si vous êtes originaire d'une galaxie extérieure au système solaire, vous êtes sans doute venu jusqu'ici en fusée à propulsion laser, comme dans *Spaceman* (un jeu vidéo sur les voyages dans l'espace). Ou alors, encore mieux, par téléportation et, dans ce cas, j'espère que vous aviez des protège-tibias.

Si vous êtes humain, vu les progrès technologiques, j'imagine que votre « voiture » roule à la bouse de vache ou au sucre de barbe à papa. De tout temps, l'homme a toujours tenté d'améliorer ses moyens de transport.

De nos jours, le véhicule le plus innovant est la trotinette à moteur Zipflash E300S. Elle se faufile partout et emmène son propriétaire où il le souhaite. Aussi bien de la maison au collège que du canapé au frigo.

J'espère que la E300S existera toujours quand vous lirez ces mots. Et que vous avez au moins deux pieds – mais pas plus.

La première fois que j'en ai vu une, c'était à la télé, dans un épisode de *Zootix 2020*, où un type devait échapper à des créatures mi-loup-garou, mi-serpent. Il sautait d'un toit à l'autre en faisant des bonds de vingt mètres. Il n'avait qu'à appuyer sur un bouton de la Zipflash E300S et ZOU ! en deux secondes, il se retrouvait sur l'immeuble d'en face.

L'autre intérêt de la Zipflash, c'est qu'elle se conduit sans permis. Et c'est vraiment un gros avantage pour moi qui dois faire deux kilomètres à pied chaque matin pour me rendre au collège. Et pareil pour rentrer. Mes parents affirment que marcher, c'est meilleur pour la planète.

L'écologie, c'est l'excuse parfaite : ils peuvent prétendre fièrement qu'on va à pied partout pour « sauver la planète » au lieu d'avouer que c'est pour économiser trois dollars d'essence.

Le papier toilette recyclé, c'est bon pour la planète. Sauf que, franchement, qui a envie de s'essuyer avec du papier qui a déjà servi ?

J'aurais vraiment aimé avoir une Zipflash E300S, hélas je savais que je n'arriverais jamais à convaincre mes parents de me l'acheter parce que 1) ça coûte une fortune 2) ça coûte une fortune. Alors je me suis contenté de lire et relire la brochure publicitaire à tel point que je la connaissais par cœur, mais je ne leur en ai pas parlé.

Jusqu'à la semaine dernière, quand M. Tropas nous a fait un contrôle vraiment vraiment difficile sur George Washington, Thomas Jefferson et James Madison. On était censé expliquer en quoi ils avaient contribué à l'indépendance de l'Amérique.

J'avais travaillé. Ou, tout du moins, j'avais essayé. En tapant « pères fondateurs des USA » sur Google, j'avais trouvé des infos super intéressantes.

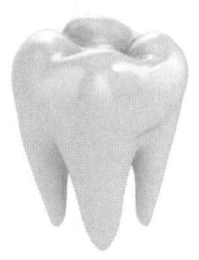

C'est Thomas Jefferson qui a importé les frites aux États-Unis.

George Washington n'avait qu'une dent.

Mais j'aurais dû me douter que ces détails croustillants ne m'aideraient pas à remplir ma copie et que j'obtiendrais encore un D.

Après la sonnerie, le prof nous a annoncé que certains d'entre nous avaient besoin de cours de soutien pour rattraper le niveau. En fait, « certains d'entre nous », c'était juste moi.

– Vous avez encore raté votre contrôle, monsieur Sacrin. Mais je vous offre une deuxième chance : vous allez revoir votre leçon et le repasser. Car c'est l'histoire qui nous apprend de quoi sera fait l'avenir.

– Je vois tout à fait ce que vous voulez dire, monsieur Tropas, à propos du passé, du futur et d'apprendre tout ça. C'est juste qu'hier soir, je n'arrivais pas à me concentrer. Je ne sais pas si vous êtes au courant, mais je partage ma chambre avec deux bébés qui font leurs dents. Alors je suis allé chez Paul pour réviser… et on s'est un peu laissé distraire par *Secret Cavern*. Vous voyez, on essaie d'atteindre le niveau 13…

Malheureusement, mes explications sont tombées dans l'oreille d'un sourd (au sens propre car M. Tropas est sourd d'une oreille). Il m'a donné trois bouquins qui devaient peser trois kilos chacun et m'a collé pour quatre heures de devoirs.

Voilà comment les enfants transportent leurs livres de nos jours.
Charge maximale : 7 kilos
Remplissage quotidien : 20 kilos

En principe, ça m'aurait mis hors de moi. Mais là, je me suis dit que c'était peut-être une chance. Tout ce bazar à porter, c'était une occasion unique de réclamer ce que je souhaitais le plus au monde (à part avoir ma propre chambre, bien sûr).

En poussant la porte de la maison, j'ai braillé :
– Papa ! Papa ! Je crois que je me suis déboîté l'épaule !
– Fais-moi voir ça !
– Tiens, prends mon sac.

Je lui ai jeté le sac à dos. BOUM ! Il a atterri avec un bruit sourd sur le carrelage de la cuisine comme s'il était plein de briques.

– Ouh là ! Mais il est beaucoup trop lourd pour toi, a constaté mon père.

– Je sais ! Il me faudrait une trottinette électrique Zipflash E300S. D'après la brochure, c'est un moyen de transport sans permis qui suit intuitivement les mouvements du conducteur.

– Oui, d'accord. Euh… Qu'est-ce que tu viens de dire ?

Mon père est un peu long à la détente. Mais j'ai vu les rouages de son cerveau se mettre en marche pour trouver une solution au problème. Parce que, son passe-temps favori, c'est d'échafauder des plans complètement délirants pour économiser de l'argent.

Enfin, au bout d'une éternité, il m'a regardé comme s'il venait d'inventer l'eau chaude.

– Il te faut un moyen de transport maniable et léger, a-t-il déclaré. Ne bouge pas, je reviens.

J'imaginais déjà les regards envieux des autres, au collège. J'étais en train de me dire que, quand j'aurais maîtrisé le maniement de la Zipflash, j'emmènerais Paul faire un tour lorsque j'ai vu mon père revenir dans la cuisine. Traînant derrière lui un chariot de mémé grinçant.

– Tu as de la chance ! Mme Cavanaugh vient de partir en maison de retraite. Elle n'aura plus besoin de ce petit bijou. Les roues tournent parfaitement, en couinant à peine. Je le lui ai racheté une bouchée de pain.

– Tu ne crois pas que je risque d'avoir l'air un peu ridicule à traîner ce truc comme une grand-mère qui part faire son marché ?

– Ça te sera très utile pour aller au collège quand tu as beaucoup de devoirs, Léo. Je ne voudrais pas que tu te déboîtes à nouveau l'épaule, ou que tu te déplaces une vertèbre, ou que tu te fasses une hernie…

– Papa ! Tu imagines ce que les autres vont dire !

– La santé passe avant tout. Chez nous, on est sujets aux problèmes de dos. Je ne veux pas que tu finisses tout voûté comme certains membres de la famille.

Oncle Lou

J'ai dû céder. J'ai accepté de prendre le chariot pour aller à l'école. D'abord, parce que, quand mon père a une idée dans la tête, impossible de le faire changer d'avis. Et puis aussi un peu parce que j'espérais que si je cédais sur un point, il pourrait aussi faire un effort. Et m'installer une chambre à moi avant que je sois majeur.

Le lendemain, Paul m'a aidé à traîner le chariot de la maison au collège. J'ai vraiment de la chance de l'avoir comme pote. On se connaît depuis qu'on est petits. Vraiment tout tout petits. Nos mères ont des photos de nous deux dans le bain quand on avait trois ans.

Voilà pourquoi je reste ami avec lui. Parce que si je ne suis pas sympa, il risque de diffuser ces images compromettantes sur Internet.

À force de traîner mon chariot dans les couloirs du collège, j'ai écopé d'un nouveau surnom : Mamie Sacrin. La moitié du collège m'appelle comme ça, maintenant. Surtout, Gary, le grand frère de Paul, et ses potes de quatrième.

Ce qui m'amène à la question que je voulais vous poser. Vous qui vivez dans le futur, vous auriez peut-être une machine à voyager dans le temps sous la main. Un truc pour m'envoyer à des siècles d'ici ? N'importe où, le plus loin possible de Stowfield ?

Hein ? Vous pourriez me téléporter, s'il vous plaît ?

Parce que, entre mon père, M. Tropas et les gros durs de quatrième, je ne crois pas que je vais survivre jusqu'en cinquième.

Points de repère dans

| Marche | Charrette | Chariot couvert | Train |
| (lent) | (leeeent) | (dodo) | (zzzz) |

```
|_____|_____|_____|_____
  5000 av. J.-C.    An mil de notre ère         1900
         |                 |                |
      cheval          canoë creusé         Vélo
      (lent)          dans un tronc      (ron pich !)
                      (inconfortable)
```

l'histoire des transports

Monospace
(méga déprimant)

soucoupe volante intergalactique
avec pilotage à la voix
(beaucoup moins déprimant)

|————————|————————————|————————————|

2000   Dans le futur

Voiture
(déprimant)

La Zipflash E300S !!!
Super pour faire des cascades !!!
Le cadeau idéal !!!

Planche et cadre de grande taille
Selle rembourrée
Moteur performant
Jusqu'à 25 km/h
Pneus gonflables de 25 cm de diamètre pour le confort
Guidon réglable en hauteur
Poignée d'accélérateur au guidon
Béquille rétractable
Batterie rechargeable
Dispositif de pliage au guidon

SPORTS

Cher extraterrestre/être humain/humanoïde/robot :

L'un des avantages de vivre dans le futur, c'est que vous possédez certainement des dispositifs de haute technologie pour rester éveillé en cours d'histoire. Ou peut-être qu'il vous suffit d'enregistrer directement la leçon dans votre cerveau comme sur un disque dur, sans avoir besoin de l'apprendre.
Ça m'aurait bien aidé aujourd'hui.
Parce que M. Tropas nous a fait un discours de trente-cinq minutes non-stop sur les colonies, les déclarations, les proclamations et tout le bazar.

– Au début du XVIIIe siècle, de nombreux colons vivant en Amérique voulaient s'affranchir de la domination britannique. Leur désir de liberté primait sur tout. Ils étaient prêts à donner leur vie pour leur idéal.

Il a traversé la classe pour s'arrêter dangereusement près de mon bureau.

– Dans vos journaux, j'aimerais que vous décriviez ce qui vous semble actuellement le plus important au monde. À votre avis, monsieur Sacrin ? Qu'est-ce qui est le plus important au monde, vous avez une idée ?

– Oui, monsieur.

– Fantastique. Alors ?

– Le sport.

Une fois de plus, le professeur s'est instantanément tourné vers Juliette Shamo.

– Et vous, Juliette ?

– Je dirais les efforts des Nations unies pour la paix dans le monde.

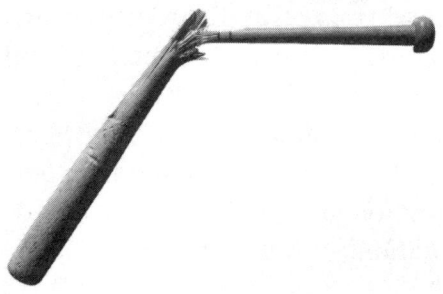

Si vous avez déjà assisté à un match entre les Yankees et les Red Sox, vous savez que la paix dans le monde est impossible.

– Excellente réponse, l'a félicitée M. Tropas.

En retournant à son bureau, il m'a lancé un regard noir.

– Prenez-en de la graine, monsieur Sacrin.

Ne croyez pas que la paix dans le monde ne soit pas un sujet important à mes yeux. Bien au contraire. C'est juste que je ne vois pas comment M. Tropas et Juliette Shamo peuvent oublier que :

> • Les Eagles de Philadelphie (meilleure équipe de football américain au monde) n'ont pas perdu un seul match de la saison pour la première fois en quatre-vingt-dix ans.
>
> • Si les Philadelphia Flyers (meilleure équipe de hockey au monde) accueillent Riley Cote, ils ont de bonnes chances de remporter la coupe.
>
> • Les Phillies (meilleure équipe de base-ball au monde) sont classés 2 et 1 dans les séries.

Mon sport préféré, c'est le base-ball. J'adore. Mais il y a d'autres sports très populaires à Stowfield :

1) Courir pour échapper aux gros durs,

2) Nettoyer le chewing-gum collé dans votre casier par les gros durs,

3) Être obligé de faire des trucs dont on n'a pas envie parce que les gros durs vous forcent.

Quand je dis « gros durs », je veux parler de Gary et de ses potes – Nick Tordur et Simon le roi du Chope-caleçon. Quant à ceux qui courent, c'est Paul et moi.

Chaque fois qu'on est tranquilles au sous-sol en train de jouer à *Secret Cavern* chez Paul, y a soit Nick soit Gary qui ouvre la porte pour brailler :

– Allez nous chercher des canettes, les minus.

Et quand ils nous ordonnent de faire un truc, on a intérêt à obéir, sinon…

Le pire, c'est – de loin – Nick Tordur. Et être pire que Simon le roi du Chope-caleçon, un sauvage sans cœur dont le passe-temps préféré est de choper le caleçon des sixièmes, c'est dire…

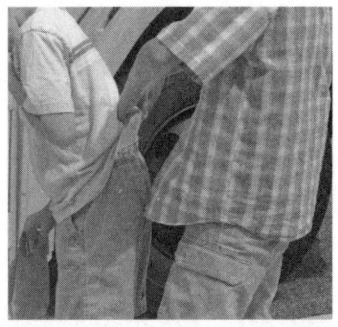

Le coup du Chope-caleçon, un classique indémodable ! J'imagine que ça se fait toujours. Pas vrai ?

Nick sait très bien que Paul et moi, on essaie d'atteindre le niveau treize de *Secret Cavern* et que, pour ça, il faut que Susie trouve la faucille. Alors il nous a promis :

— Si vous allez me chercher un Coca, je vous dis où elle est.

À la rentrée, dès le premier jour de cours, Paul et moi, on s'est juré de la trouver, cette faucille. Et, depuis, on a fouillé dans tous les coins et recoins de la grotte. Derrière chaque stalagmite. Dans la malle au trésor. Au fond du lac.

C'est usant, franchement. Et ce qui est encore plus énervant, c'est que Nick Tordur n'arrête pas de se vanter qu'il l'a trouvée et pas nous.

La faucille est un outil en forme de point d'interrogation, car c'est une ÉNIGME ! Impossible de mettre la main dessus !

Mais quand on lui a tendu sa canette, Nick s'est contenté de ricaner :

— Fallait être plus rapides, les minus.

On était donc super surpris, Paul et moi, quand il est descendu au sous-sol pour nous proposer :

— Ça vous dirait de jouer au base-ball, les gars ?
— Tu veux qu'on fasse les bases ?
— Ah, t'es mignon. Non, on a besoin de toi et de Mamie Sacrin pour compléter les équipes.

Je me suis méfié.

— Y a pas de piège ?
— Mais nan, allez, venez. On est dans le jardin.

Gary, Simon le Chope-caleçon et quelques copains à eux nous attendaient. Ils ont constitué les équipes, mais juste avant de commencer le match, Gary a précisé :

— Par contre, on a une règle : si la balle tombe chez le voisin, c'est aux nouveaux d'aller la chercher.
— Mais tu nous l'avais pas dit…
— Ben, je vous le dis maintenant. T'inquiète, Mamie Sacrin, ça n'arrive pas souvent.
— Ouais, et puis Garou ne mord pas, a ajouté Nick en souriant. Enfin, pas souvent.

Paul a frappé en premier et, pendant qu'il ratait tous ses lancers, j'étais planté sur le bord du terrain à me demander qui pouvait bien être ce fameux Garou.

Après Paul, c'était au tour du roi du Chope-caleçon. Vlan ! Un coup de batte et il a envoyé la balle chez le voisin.

— Va la chercher, Mamie Sacrin ! a crié Nick.

J'ai enjambé la clôture pour passer dans le jardin d'à côté. Et là, j'ai fait la connaissance de Garou.

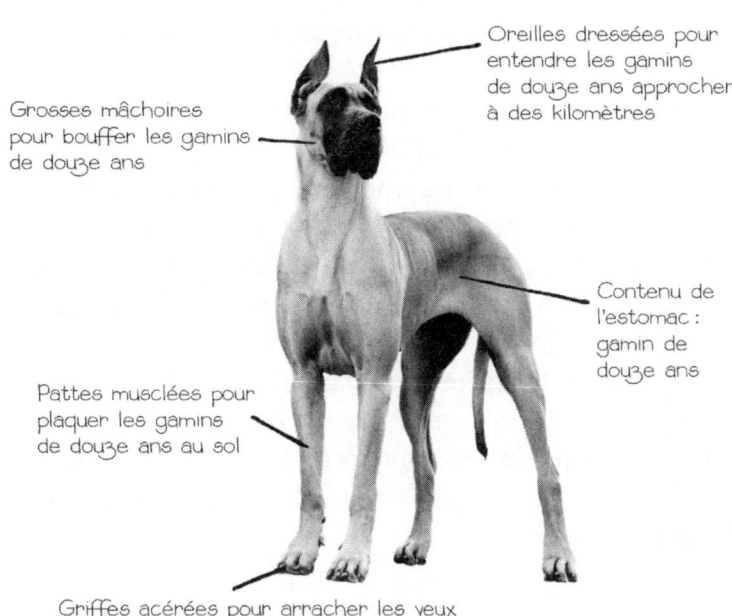

Grosses mâchoires pour bouffer les gamins de douze ans

Oreilles dressées pour entendre les gamins de douze ans approcher à des kilomètres

Contenu de l'estomac : gamin de douze ans

Pattes musclées pour plaquer les gamins de douze ans au sol

Griffes acérées pour arracher les yeux des gamins de douze ans

– Sage, Garou. Bon chien, ai-je murmuré en tentant de m'approcher de la balle.
– *GRRRRRR !*
– Gentil toutou. Tout va bien.
– *Grrouaf !*
Soudain, Garou a entrouvert sa gueule baveuse et s'est jeté sur moi. J'ai pris la balle et j'ai bondi par-dessus la clôture juste au moment où ses énormes mâchoires se refermaient sur ma chaussure.
– Je ne joue plus, ai-je déclaré.
– Tu ne veux pas être batteur ? s'est étonné Gary en

brandissant une belle batte flambant neuve. Juste après moi, ce sera ton tour.

C'est vrai qu'elle était belle, cette batte. Je mourais d'envie de frapper la balle.

– D'accord. Mais ne comptez pas sur moi pour retourner de l'autre côté.

C'était à Gary de batter. La balle est arrivée sur lui, il a flanqué un grand coup… et il a raté. Deuxième lancer, zou et hop!

Direct dans le jardin du voisin.

– Va la chercher, Mamie Sacrin! Allez!

Cette fois, je n'ai pas eu besoin de sauter par-dessus la clôture. C'est Nick qui m'a soulevé et m'a jeté de l'autre côté.

J'ai voulu faire demi-tour mais mes vêtements se sont pris dans le grillage, j'ai perdu l'équilibre et je suis tombé sur le territoire de Garou. Je serais sans doute mort si Paul n'était pas venu à mon secours. Il a occupé Garou en lui lançant une balle pendant que je me relevais. J'ai réussi à me tirer de là avec mon pantalon et une seule chaussure. Je ne sais pas ce qu'est devenu mon T-shirt. Garou a dû l'engloutir. Et ma basket aussi.

Paul et moi, on a couru chez moi sans même jeter un regard en arrière. On a fait irruption dans la cuisine où ma mère était en train de faire goûter les jumelles.

– Léo, tu as vu ta tenue ? Qu'est-ce que tu as fait ?
– Du sport.

Avant qu'elle puisse ajouter un mot, Paul et moi, on a filé dans ma chambre.

– Quel bâtard, ce Nick, ai-je sifflé en enfilant de nouveaux vêtements. Jamais plus on ne lui fera confiance.

– Jamais, a renchéri Paul. Ça va ?

– Je crois qu'il va falloir que je change aussi de caleçon, mais sinon, ça va. Merci, tu m'as sauvé la vie, Paulo.

On a décidé de sortir jouer à chat dans mon jardin. Mais d'abord on a fait notre check spécial. On se tape dans les mains, on se donne une claque dans le dos, puis on se cogne poing contre poing.

J'ai peut-être pas beaucoup d'amis, mais j'ai la chance d'en avoir un sur lequel je peux compter.

Les sports sur

Golf avec des crottes de dinosaure.

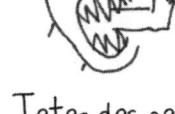

Jeter des gens aux lions

Les pèlerins inventent le squash en se lançant des légumes pourris.

230 millions av. J.-C.	100 av. J.-C.	An mil de notre ère	1500	1600	1700

Foot avec la tête des ennemis

Fléchettes sur un tronc coupé

Un chariot couvert saute par-dessus une rivière : c'est le premi[er] sport extrême !

– You hou !

la planète Terre

Invention du rugby :
grosse perte
de popularité
pour les gringalets

Un pizzaiolo lance
un rond de pâte
à son chien :
le Frisbee est né !

———————|————————————————|——————————————————
1800   1900   1960   Dans le futur

Homme + tronc
+ avalanche
= snowboard

Ballon de forme
mouvante à structure
moléculaire modifiée

CÉLÉBRITÉ

Cher ?

De nos jours, devenir célèbre est extrêmement facile. Tout le monde peut tenter sa chance. Il suffit d'avoir une idée et une caméra. On peut essayer de se démarquer en faisant un truc bizarre, mignon, malin, dangereux… ou juste complètement débile. Du moment que ça donne envie aux gens de regarder la vidéo. Et de l'envoyer à leurs amis.

Et tout cela est rendu possible grâce à un site qu'on appelle YouTube.

Juliette Shamo a filmé son chien en train de chanter « Joyeux anniversaire ». La vidéo a été vue par dix millions de personnes.

En plus, tout le monde a accès à YouTube sur son smartphone. Chaque fois que je croise Paul, il est en train de regarder un truc sur son portable. Il adore ce machin, surtout depuis qu'il a sa super coque violette à carreaux écossais. Je suis sûr qu'il préférerait se faire amputer d'une jambe que d'être privé de cet engin.

Avec la célébrité à la portée de tous, difficile de résister à la tentation. Même si je ne sais ni chanter ni danser et que je me transforme en tas de gelée tremblotante dès que j'approche à moins d'un mètre d'une scène, Paul a réussi à me persuader de passer les auditions pour la pièce du club théâtre.

– Allez, Léo ! Tout le collège sera dans la salle. Après tu pourras inviter n'importe quelle fille au bal !

Ce qu'il a oublié, c'est que je n'ai absolument pas l'intention d'aller à ce bal. Pas moyen. Je le lui ai pourtant répété mille fois. Je préférerais me retrouver

enfermé dans une chambre froide avec Simon Chopecaleçon que d'aller au bal du collège.
– Et en plus, c'est M. Tropas qui met la pièce en scène cette année, a ajouté Paul pour me convaincre.

Je n'ai pas eu à réfléchir trop longtemps pour me rendre compte que passer l'audition n'était peut-être pas une si mauvaise idée que ça, finalement. Si je décrochais un rôle, ça m'aiderait à atteindre deux objectifs :

1) Me mettre M. Tropas dans la poche,
2) Impressionner ma mère et réussir à négocier plus de temps pour jouer. Peut-être même que, si j'obtenais le premier rôle, je monterais à vingt-cinq minutes de jeux vidéo le week-end.

Temps alloué pour jouer à Secret Cavern : 15 mn
Temps nécessaire pour démarrer l'ordi : 6 mn
Temps réel restant pour jouer : 9 mn.

Un vendredi, après les cours, je me suis donc rendu aux auditions du *Vent dans les saules*. J'ignore si vous jouez encore cette pièce à votre époque, dans votre classe ou dans votre bande de potes extraterrestres mais, de nos jours, c'est considéré comme un « classique intemporel ».

Si vous voulez mon avis, c'est juste l'histoire d'une bande de bestioles qui parlent comme la reine d'Angleterre, mais bon... Le seul rôle intéressant, c'était celui de la taupe, qui était plutôt sympa.

Taupe avait un haut sens moral, de la dignité, de la grâce... et un costume qui n'écrasait pas les bonbons. Il osait quitter le monde souterrain pour partir à l'aventure prendre un peu l'air.

Une vraie taupe.
J'ignore si c'est le devant ou le derrière.

Évidemment, Paul et moi, on voulait tous les deux absolument le rôle de Taupe. Paul pour plaire aux filles, et moi pour atteindre le niveau 13 (Paul aussi d'ailleurs).

Ses parents sont aussi très stricts question jeux vidéo, alors qu'on soit chez lui ou chez moi, notre temps sur *Secret Cavern* est limité. Le fait que ma mère soit la meilleure amie de la sienne n'arrange rien. Dès qu'elles prennent un café ensemble, c'est leur sujet de discussion favori : les dangers des jeux vidéo qui rendent bête, violent et j'en passe…

Je pensais avoir de bonnes chances d'obtenir le rôle de Taupe parce que j'ai de petites oreilles, les cheveux châtains et que, pour regarder le catch à la télé, j'adore m'enfouir sous ma Snuggie. (C'est une couverture super à la mode en ce moment. Avec des manches. Ouais, ouais, des manches.)

Hélas, Nick Tordur visait aussi le rôle de Taupe. Et il avait une motivation en béton : il voulait aller au bal avec Emma Levitt, qui craque pour le genre « acteur sensible ».

Donc une chose était sûre : les auditions promettaient d'être un combat sanglant, car nous étions plusieurs rats pour un seul bout de gruyère.

Paul et moi, nous avons répété ensemble. On a appris le texte par cœur, en essayant d'y mettre le ton. On préférait que ce soit l'un de nous qui remporte le rôle plutôt que Nick Tordur.

Mais bien avant l'audition, cette grosse brute a soudain pris un style très taupesque, surtout quand M. Tropas était dans les parages.

Les autres ne l'ont pas remarqué, mais Paul et moi, on l'a vu venir de loin : à la cantine, il s'est mis à grignoter son hamburger du bout des dents au lieu de l'engloutir en deux bouchées. À porter un gilet en fourrure parce qu'il « faisait frisquet ». À farfouiller tout au fond de son casier.

– Je vois clair dans ton jeu, Nick, je lui ai dit.

– Je ne vois pas du tout de quoi tu veux parler, Mamie Sacrin, a-t-il répliqué en essuyant la terre qu'il avait au bout du nez.

– Arrête, c'est pas du jeu ! est intervenu Paul. Tu essaies de nous piquer le premier rôle.

Mais Nick nous a ignorés, trop occupé à ouvrir son bocal de vers de terre et de larves pour les montrer à tous ceux qui passaient dans le couloir.

Sa taupitude a complètement bluffé M. Tropas. Le jour de l'audition, son choix était déjà fait. C'était réglé avant même d'avoir commencé.

Nick serait Taupe, tandis que Paul et moi, on ferait Hermine 1 et Hermine 2.

L'hermine, une cousine de la fouine qui paie vraiment pas de mine.

Le soir de la première, je suis sûr qu'on entendait mes genoux jouer des castagnettes dans toute la salle. J'étais encore dans les coulisses que déjà la sueur trempait mon poil d'hermine, ruisselait sur mon front d'hermine et coulait dans mes yeux d'hermine.

Paul m'a donné un coup de coude.
– C'est à nous, Léo. Viens.
– J'peux pas.
– Tout le monde attend. Viens !
– J'vois rien. J'ai du poil mouillé dans les yeux…
– T'as juste à sortir de là pour dire une seule phrase : « Où est passée la péniche ? » Y en a pour deux secondes.

J'ai essayé d'écarter la fourrure de mon visage pour élargir mon champ de vision, mais je me suis collé encore plus de poils dans les yeux. Le public s'impatientait et M. Tropas me fixait du même regard furibond qu'en cours d'histoire.

Les gens se sont mis à toussoter. J'ai entendu quelqu'un crier :
– Accouche, Mamie Sacrin !

C'est alors que j'ai senti une patte dans mon dos. Et pas n'importe quelle patte. Une grosse patte duveteuse de taupe. Une patte qui ne pouvait appartenir qu'à Nick Tordur.

Il m'a poussé vers la rivière en carton qui coulait au bord de la scène… et je me suis retrouvé sous les feux des projecteurs, encore plus en sueur.

Je me suis tourné vers Paul et, de ma voix la plus herminesque, j'ai demandé :

– Où est passée la… ?

Sauf que je ne trouvais plus le dernier mot. Il s'était effacé de mon cerveau. Alors, je me suis raclé la gorge et j'ai recommencé :

– Où est passée la… hum… la… ?

Je scrutais la scène, cherchant désespérément un indice qui m'aiderait à terminer ma phrase. Chaque seconde me paraissait interminable…

C'est le moment qu'a choisi Nick Tordur pour intervenir à nouveau. Et me flanquer un autre coup dans le dos. J'aimerais penser qu'il essayait de m'aider. De me secouer un peu pour que je retrouve mes esprits. Mais connaissant Nick, je pense qu'il a juste saisi l'occasion de me faire une crasse.

Le second coup était encore plus violent que le premier. Et sans savoir comment, j'ai décollé de la scène pour atterrir sur les genoux de Terry Smit, qui jouait du trombone.

Forcément, dans la salle, tout le monde a filmé la scène. Et en rentrant, ils ont décidé de poster la vidéo sur YouTube afin que le monde entier puisse en profiter.

J'imagine qu'une hermine d'un mètre cinquante qui fait un 360 sur une scène de théâtre, c'est un truc qui attire les gens. Beaucoup. Je l'ai appris à mes dépens.

Parfois, la célébrité est un fardeau. Genre, je suis en train de jouer au ballon tranquille, au parc, quand un parfait inconnu me crie :

– Hé, où est passée la !

Faut pas mal le prendre.

Être une star à

Singe qui se balance
au bout de sa branche

Singe qui profane
le tombeau
du roi Tut

---

2 millions av. J.-C.　　50 000 ans av. J.-C.　　1 200 ans av. J.-C.　　1667

Singe qui danse
le rock

Singe qui fait pipi
sur le pommier
de Newton

différentes époques

Singe à la télé

Singe sur YouTube

| 1950 | 1960 | 1990 | 2000 | 3000 |

Singe qui part dans l'espace. Et ne revient pas.

Singe qui avoue son addiction aux cacahuètes dans un talk-show

Singe qui remporte « Danse avec les stars sur Mars »

L'ÂGE DE L'INFORMATION

Cher (notez votre nom ici),

Il paraît que je vis à l'âge de l'information.

Ça veut dire que s'il m'arrive un truc super gênant, encore pire que de tomber de la scène durant la pièce du club théâtre, tout le collège sera au courant en quatre minutes. C'est le temps que ça a pris pour ma mésaventure de ce midi à la cantine.

Instruments de propagation des rumeurs
couramment utilisés à mon époque

Tout a commencé alors que je faisais la queue au self, tout en me demandant ce que j'allais prendre à manger. J'hésitais entre un double burger-frites et des tacos, un choix impossible ! Une fois par mois, c'est la surprise du chef de M. Simms, le jour où notre cuisinier décide de nous faire plaisir. Enfin, j'imagine qu'il essaie surtout de se débarrasser de ce qui va bientôt être périmé. Et que la surprise, c'est que les frites sont moisies. Enfin bref…

Mon regard allait du hamburger aux tacos et des tacos au hamburger.

– Tu te dépêches, Mamie Sacrin ! a braillé Nick Tordur du bout de la file.

– Hum... je vais prendre... euh..., ai-je bafouillé.

Soudain, mon estomac a fait un saut périlleux dans mon ventre. Encore pire que lorsque je viens d'avaler la surprise du chef de M. Simms. Il a émis une sorte de gargouillis sonore.

Grrrrrrbllll.

– Je vais prendre le hamb... je veux dire les tacos... euh, attendez...

GRRRRRR.

Le rugissement de mes tripes a retenti dans tout le réfectoire. Juliette Shamo et Valentine Hilary ont relevé la tête.

– Tu pourrais te retenir, Mamie Sacrin ! s'est indignée Juliette, découvrant ses canines et ses bagues.

Voilà pourquoi je n'arrivais pas à choisir ce que j'allais manger, parce que mon estomac me faisait payer ce que j'avais avalé la veille chez Paul.

Ses deux parents travaillaient tard, ils nous avaient donc laissés aux bons soins de Gary et de Nick Tordur.

Autant vous dire que Gary et Nick ne sont pas des baby-sitters de rêve et qu'ils ne se sont pas occupés de nous une seule seconde. Quand on leur a dit qu'on avait faim, ils ont répliqué qu'il y avait des burritos dans le congélateur et qu'on n'avait qu'à se débrouiller tout seuls.

On a donc extrait les burritos de sous une couche de miettes de tarte qui devaient dater des années quatre-vingt-dix, gratté la pellicule de givre et fourré les machins au micro-ondes à pleine puissance.

Burrito

Image obtenue en tapant « burrito » sur Google

Ils n'avaient pas l'air très frais. Mais j'ai pris trois pointures de chaussure en un an et, quand j'ai faim, j'ai FAIM. J'ai dû mâcher neuf fois plus longtemps que d'habitude et je me suis ébréché une molaire, mais j'ai fini par réussir à avaler la chose.

J'imagine qu'il faut un certain temps pour qu'un aliment momifié par la congélation fasse son chemin dans le système digestif. Bref, quatorze heures plus tard, il était arrivé au bout du tunnel et le barrage a cédé !

Ce qui au début n'était qu'une série de gargouillis intempestifs s'est bientôt changé en un grondement assourdissant qui ne pouvait être causé que par une seule chose : une énorme bulle de gaz qui voulait sortir !

J'ai essayé de serrer les dents, de creuser les joues pour dompter le monstre et le forcer à rester à l'intérieur. Hélas, mes efforts ont eu l'effet inverse…

PFFFFFFF!!!

Aussitôt, dans la cantine, tout le monde a dégainé son téléphone. Le plus amusant à notre époque, ce ne sont pas les appareils qui permettent de transmettre instantanément l'information, mais les abréviations qu'on utilise pour rédiger les messages :

C KOI STO2R ?

LÉO C LÂCHÉ

Q DE LÉO = BOUM !

Alors que je tentais de faire une sortie digne, sur mon passage, les gens se bouchaient le nez en agitant la main.

– Ça craint pour le bal du collège, a commenté Paul.
– Pas grave vu que, comme je te l'ai répété dix millions de fois, je ne compte pas y aller…

Mais il ne m'écoutait pas. À l'autre bout du couloir, il avait repéré Lana Fukumoto, la fille qu'il voulait inviter au bal, justement.

Il a posé son téléphone dans son casier pour aller lui parler. Comme l'engin bipait, je n'ai pas pu résister à la tentation de lire le message qu'il venait de recevoir :

FAIS GAFFE À MAMIE SACRIN
C UNE BOMBE, CE MEC
LOL

Le plus bizarre, ce n'était pas le message, c'était l'expéditeur : Nick Tordur.

Et ce n'était pas fini :

RV SECRET À LA SORTIE

Comment Nick avait-il eu le numéro de Paul ? On déteste tous les deux Nick. On a juré de ne plus jamais lui parler. Et comment ça, un rendez-vous secret ? Le seul secret qui nous intéressait, Paul et moi, c'était de savoir où Susie avait caché la faucille. Et il n'aurait pas été le demander à Nick dans mon dos quand même !

Si ?

Les moyens de communication

Tirage de cheveux et coups de gourdin

bla-bla

Création du langage

Les livres (grand pas en arrière pour l'humanité)

50 000 ans av. J.-C. | 30 000 ans av. J.-C. | 10 000 ans av. J.-C. | 5 000 ans av. J.-C. | 1 000 ans av. J.-C.

Grognements et pointage du doigt

« Léo, viens ici tout de suite ! »

Découverte du pouvoir du hurlement (mon père emploie toujours cette technique préhistorique)

La poésie (carrément un bond en arrière pour l'humanité)

à travers les âges

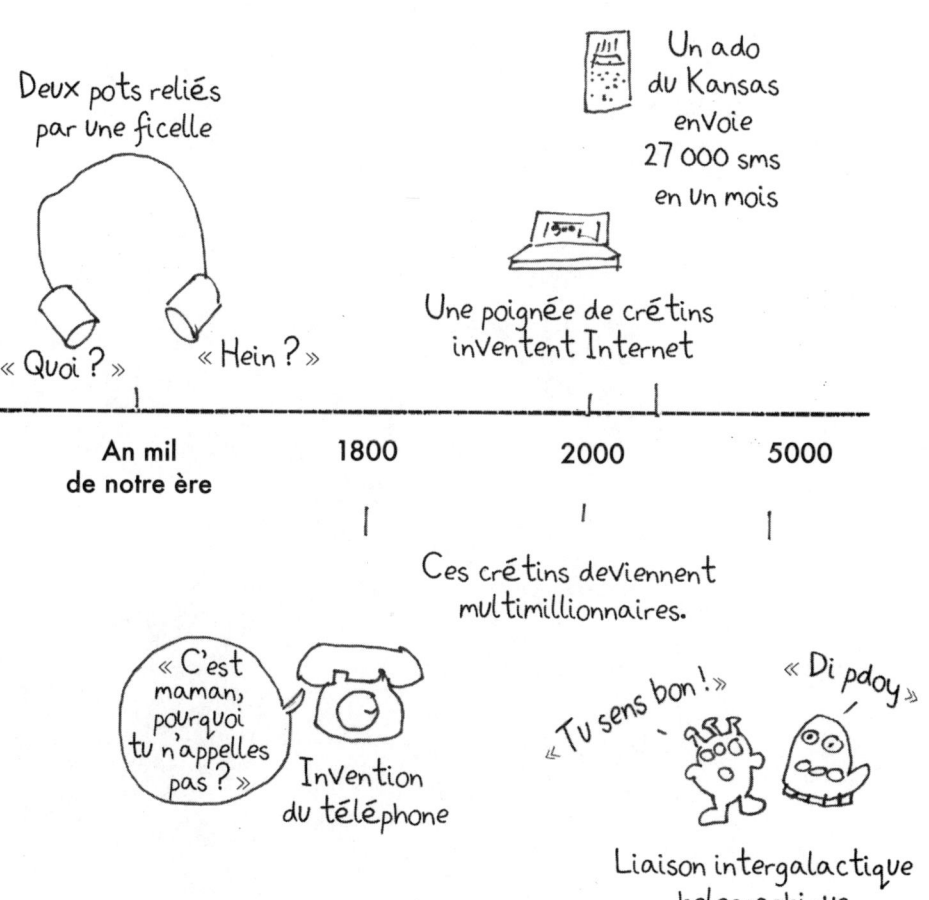

L'AMOUR

Cher futur explorateur de la Terre,

Paul n'est malheureusement pas le seul à faire une fixette sur le bal du collège. On a beau être début décembre (la soirée est fin février – dans TROIS mois), ma mère est déjà dans tous ses états.

L'autre jour, elle était dans la cuisine en train de changer Béa et Alice. En jetant une couche pleine à la poubelle, elle m'a demandé :

– Alors, avec qui tu vas aller au bal, Léo ?
– Je ne veux pas y aller, maman.
– Pourquoi tu n'inviterais pas une gentille fille comme Juliette Shamo ? Vous pourriez y aller à quatre, avec Paul et sa cavalière !

Comme tous les parents, ma mère adore Juliette Shamo parce qu'elle a des bonnes notes, que c'est la chouchoute des profs et qu'elle a fait une vidéo trop rigolote avec son chien. En entendant le nom de Paul, je me suis rappelé le sms de Nick Tordur. L'idée que mon meilleur ami complote dans mon dos avec cette grosse brute me donnait la chair de poule.

Ma mère a dû remarquer que je faisais une drôle de tête parce qu'elle m'a demandé :

– Qu'est-ce qui ne va pas, mon chéri ?

Sans même me laisser le temps de répondre, elle s'est levée et a braillé en direction de l'atelier où mon père était en train de réparer une tondeuse à gazon :

– Pow wow familial !

Chaque fois que nous devons discuter d'un sujet important, elle nous réunit dans la cuisine pour un « pow wow ». Selon elle, c'est la base d'une bonne communication et ça permet d'entretenir d'« excellentes relations familiales dans la confiance et le respect mutuels ». Ou un truc du genre. Une fois par semaine, nous devons donc former un cercle « comme les Amérindiens autrefois » pour « partager librement nos sentiments et nos idées ».

Franchement, est-ce que ce type a l'air de vouloir partager ses sentiments ?

Ma mère y attache énormément d'importance et, parfois, ça s'éternise pendant des heures. Même Béa et Alice connaissent le mot «pow wow» maintenant. Dès qu'elles l'entendent, elles se ruent sur moi à quatre pattes et se cramponnent à mes jambes dans l'espoir que je file hors de la pièce en les emmenant loin du lieu de torture.

– Non, non, c'est bon, maman. Pas besoin de faire un pow wow…, ai-je protesté.

Trop tard, mon père a fait irruption dans la cuisine en claironnant :

– Je suis tout ouïe !

– Martin, j'aimerais que tu expliques à Léo que, quand on est un garçon de sixième, c'est tout à fait normal d'être attiré par les filles.

Elle s'est tournée vers moi pour ajouter :

– Léo, lorsque ton père avait ton âge, il sortait avec Charlotte Denton, qui faisait de la danse classique.

Mon père avait une grosse trace de cambouis qui partait de l'oreille et lui descendait dans le cou. Difficile d'imaginer que Charlotte Denton ou qui que ce soit ait pu vouloir sortir avec lui.

– Fiston, a-t-il commencé de la voix grave qu'il réserve habituellement aux citations historiques, lorsqu'un garçon s'engage sur la route sinueuse qui mène à l'âge adulte, il subit de profonds changements. Des envies et des désirs soudains. Une timidité excessive en présence des filles. Du poil sous les bras.

Il m'a posé la main sur l'épaule.

– Qui pourrait être mieux placé qu'un père pour guider son fils sur ce chemin ?

J'espérais que maman allait venir à mon secours, mais au lieu de ça, elle a déclaré :

– Je pense qu'il est temps que vous discutiez des choses de la vie, tous les deux.

La seule expérience plus traumatisante qu'un pow wow familial, ou que d'aller au collège en traînant un chariot de mémé… eh bien, c'est de discuter avec son père des choses de la vie.

Si jamais vous tombez sur ce genre de bouquin, fuyez !

– Ne sois pas gêné, Léo. C'est la nature ! a affirmé ma mère.

J'ai voulu filer hors de la cuisine, mais mon père me bloquait le passage. Je me suis donc affalé sur une chaise… c'est là que j'ai eu une idée. Peut-être que, pour une fois, ce pow wow familial allait servir à quelque chose.

– Eh bien, puisque tu en parles, maman, effectivement, il y a une fille…

Elle a sauté au plafond.

– Qui ça ? Qui c'est ? Je la connais ? Oh, c'est vraiment génial…

En vérité, oui, j'avais bien une fille en tête. Mais ce n'était pas Juliette Shamo. D'accord, Juliette n'est pas une idiote. Elle a même un super T-shirt Metallica que j'aimerais lui piquer. Mais la fille à qui je pensais à ce moment précis, c'était Susie de *Secret Cavern*. Ça me tuait vraiment qu'on n'ait pas réussi à lui faire découvrir la faucille.

Enfin, si ça se trouve, Paul n'en avait plus rien à faire, maintenant qu'il recevait des sms de Nick Tordur.

– Maman, tu as deviné. C'est Juliette Shamo.

Alice a poussé un petit cri. Ma mère aussi.

– Le truc, c'est que j'aimerais la connaître un peu mieux avant de l'inviter au bal. Seulement, comme je n'ai pas de chambre à moi, c'est difficile.

D'accord, c'était un peu tiré par les cheveux. Mais vu comme ma mère avait envie que j'aille au bal avec Juliette, je me suis dit que ça ne coûtait rien de tenter le coup. Je n'avais qu'à la convaincre qu'il me fallait ma chambre à moi pour inviter Juliette et pouvoir discuter tranquillement avec elle. Évidemment, c'était surtout pour jouer à *Secret Cavern*, mais ça, mes parents n'avaient pas besoin de le savoir.

J'ai remarqué que mon père s'est aussitôt raidi à cette suggestion. Comme s'il comprenait que j'essayais de contourner le problème de ma lamentable moyenne d'histoire pour obtenir ma chambre à moi quand même. Mais il a suffi d'un regard bien senti de ma mère pour qu'il se radoucisse.

– Eh bien, fiston, j'imagine que, si j'avais un abri de jardin pour y installer mon atelier, je pourrais te laisser le petit bureau...

J'ai bien compris à sa façon de présenter les choses que ce serait à moi de lui construire son abri de jardin. Si Paul me donnait un coup de main, on en aurait pour... disons, cinq week-ends, en récupérant des planches à la décharge. Une sacrée galère, mais c'était la seule solution.

Ajoutez 9 473 clous
et vous obtiendrez un abri de jardin.

Le lendemain, au collège, j'étais à fond. Jusqu'à ce que je croise Paul. Il était en train de discuter avec Nick dans le couloir. Dès qu'il m'a vu arriver, Tordur s'est éloigné.

– Vous parliez de quoi, avec Nick ?

Paul a fait comme s'il n'avait pas entendu.

– Alors t'es amoureux de Juliette Shamo ? s'est-il étonné. J'aurais pas cru... avec ses bagues, toutes les vannes qu'elle t'envoie, et les saletés qu'elle dit sur toi dans ton dos.

Paul a pris son manuel de SVT dans son casier.

– Tu vas l'inviter au bal ?

Dans mon plan génial, j'avais oublié un petit détail : tous les soirs, ma mère passait une heure au téléphone avec celle de Paul. À la minute où j'étais sorti de la cuisine, elle avait dû l'appeler pour lui annoncer le scoop.

– Non, je ne vais pas lui proposer d'aller au bal vu que, de toute façon, je ne vais pas au bal. Enfin bref, vous parliez de quoi, Nick et toi ?

– De rien.

La cloche a sonné et, avant que j'aie pu lui poser d'autres questions, il a filé.

– On pourrait y aller tous les quatre, a-t-il lancé par-dessus son épaule. Moi, j'ai invité Lana Fukumoto.

Sans répondre, je me suis engouffré en cours d'histoire en regrettant amèrement de ne pas vivre dans le futur.

Ou dans un très lointain passé. Au Moyen Âge, tiens. Ou au temps des dinosaures. N'importe quand avant qu'on invente les bals, les rencards et l'amour.

Le premier rencard

On allait faire du patin à glace.

On gravait son nom sur la paroi de la grotte.

On restait à 20 mètres l'un de l'autre.
« Saluuut »

Âge de glace | Avant l'âge des cavernes | Âge des cavernes | 1200 | À l'époque de la peste noire

On se baladait main dans la main (poilue).

On restait à la maison parce qu'on croyait que la Terre était plate.
ahhhh!

à travers l'histoire

On promenait les moutons

On se battait dans une émission de télé-réalité.

| 1600 | 1800 | 1987-1991 | 2000 | Le futur |

On allait manger un Bison Burger.

On allait faire du roller.

On jouera sur une console télépathique au jeu de la bouteille en polymère 3D².

ALIMENTATION

Cher... hum... qui que tu sois,

M. Tropas nous a dit que, de tout temps, les gens ont eu besoin d'une seule chose capitale pour survivre.
– N'oubliez pas d'abord le sujet de la nourriture dans votre journal. Je suis sûr que votre futur lecteur sera curieux de connaître les goûts et les habitudes alimentaires du début du XXIe siècle.

En entendant ça, j'ai pensé: «Mais qu'est-ce qu'on en a à faire? De toute façon, mon père va me tuer, alors!»

Car il s'avère que j'avais eu D à mon dernier contrôle.

Celui que le prof nous avait collé alors qu'on rentrait tout juste des vacances de Noël. Je sais que c'est pas terrible comme résultat, mais il était vraiment dur. Un truc impossible sur la constitution, la déclaration, la révolution et autres mots en -tion. Vous voyez le genre.

Cette fois, ça ne lui suffisait pas de me renvoyer chez moi avec trente kilos de bouquins. M. Tropas avait aussi écrit une lettre à mes parents, en ajoutant une citation d'une profondeur philosophique.

> Chers madame et monsieur Sacrin,
> Léo doit acquérir de meilleures méthodes de travail s'il veut un jour obtenir une note correcte en histoire. « Le fait que les hommes tirent peu de profit des leçons de l'Histoire est la leçon la plus importante que l'Histoire nous enseigne. »
> M. Tropas

Peu importe que je sois doué en handball et incollable sur le fonctionnement de la Zipflash E300S. Que je sois un joueur expérimenté sur *Secret Cavern* et que j'aie atteint le niveau 3 en sept semaines. Mes parents n'avaient que faire de ces exploits !

Mon père a fait irruption dans la chambre que je partageais avec Béa et Alice en lisant la lettre de M. Tropas à haute voix, puis il a rugi :

– Léo, combien de fois dois-je te le répéter ? L'Histoire est la conscience de l'humanité. Si tu veux comprendre aujourd'hui, alors tu dois tout savoir d'hier.

– Hum... oui, oui.

– George Washington est l'un des hommes les plus courageux que notre pays ait connus. Tu sais pourquoi ?

– Il a accepté de figurer sur le billet d'un dollar avec une perruque qui lui donnait l'air d'une grand-mère ?

– Non, parce qu'il avait de la personnalité, du caractère.

La seule façon de pousser les gens à suivre ton exemple, c'est d'être toi-même exemplaire !

– Papa… M. Tropas et toi, vous sortez toujours des phrases compliquées que je ne suis pas bien sûr de comprendre.

– Alors je vais être plus clair : pas question que tu aies ta propre chambre si tu n'as pas au moins B en histoire sur ton prochain bulletin.

Il fallait que je trouve de toute urgence un moyen de rentrer dans les bonnes grâces de mon père sans avoir à bosser mon histoire.

Par chance, cette semaine-là, durant le pow wow familial, ma mère m'a fourni l'occasion que j'attendais. C'était en rapport avec la nourriture.

– Léo, je ne voudrais pas t'effrayer, mais au fil du temps, j'ai laissé ton corps accumuler des substances toxiques et dangereuses. Hélas, il est trop tard pour y remédier.

Alors que je m'efforçais de digérer la nouvelle, elle a ajouté :

– Heureusement, il est encore temps de sauver les jumelles. À compter d'aujourd'hui, nous allons manger exclusivement local.

Je n'en croyais pas mes oreilles. Quelle chance ! Il y avait justement un *Beignets en folie*, juste au coin de la rue. On ne pouvait pas faire plus local.

Malheureusement, j'avais mal compris. « La production locale », ce sont les fruits et légumes qui poussent dans la région, comme ça pas besoin de gaspiller de l'essence pour les transporter de l'autre bout de la planète.

Avant que j'aie eu le temps de me faire un dernier Léo Burger (un cheeseburger au bacon avec deux beignets au chocolat à la place des petits pains), le régime alimentaire familial a radicalement changé.

La viande a été remplacée par du tofu. On n'avait plus droit aux œufs. Quant au « fromage », c'était une sorte de pâte de riz qui n'avait le goût de fromage que si on se bouchait le nez en l'avalant.

– Pourquoi s'arrêter en si bon chemin ! Manger local, c'est pas mal, manger végétalien, c'est mieux que bien ! a décrété ma mère qui s'est mise à porter des T-shirts en chanvre et des chaussures en foin.

– Maman, on ne peut pas devenir végétaliens, ai-je fait

valoir. Si les carences en viande et en produits laitiers ne nous tuent pas, on mourra d'une crise de manque !
– Tu vas t'y faire ! Et un jour, tu me remercieras.

Croyez-le ou pas, mais mon père souffrait encore plus que moi de ce régime draconien. Il a passé son enfance dans une ferme polonaise, nourri de *kielbasa* (une sorte de hot dog), de *bratwurst* (une sorte de hot dog) et de hot dogs. Je suis sûr qu'ils mixent la viande pour en mettre dans les biberons là-bas.

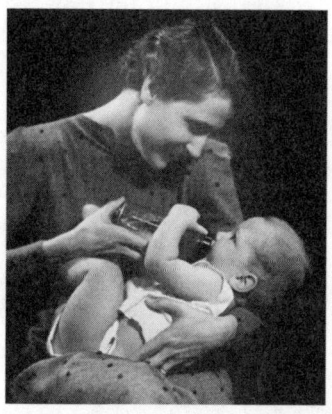

Miam, des côtelettes !

Alors vous comprenez bien que la nouvelle règle de ma mère – zéro protéine animale quelle qu'elle soit – a complètement déprimé mon père. Je n'ai jamais vu un homme dans un tel état. Et je n'étais guère mieux.

La semaine dernière en rentrant de chez papi Janson, on s'est arrêtés sur le parking du *Grufalo Grill*, juste pour sentir l'odeur de viande grillée. On a même fait un stop devant un *Burger Queen* dans l'espoir d'inspirer quelques molécules volatiles de steak haché.

C'était dur, mais petit à petit, mon père et moi, on a fait des progrès. On a trouvé des astuces. Par exemple, si on vide une demi-bouteille de ketchup sur un tofu burger, c'est moins mauvais. Et accompagné d'un litre de lait de soja, le beignet sans gluten passe mieux.

Finalement, cette dictature de la nourriture saine nous a rapprochés, papa et moi. L'autre jour, quand maman nous a demandé de garder les jumelles pendant qu'elle allait faire du shopping avec tante Jane, on s'est levés tous les deux comme un seul homme.

– Bien sûr ! s'est écrié papa.

J'ai tout de suite deviné ce qu'il avait en tête, parce que je pensais exactement à la même chose :

Question baby-sitting, mon père et moi, on n'est pas vraiment doués. En général, on rattrape toujours l'une des deux jumelles juste au moment où elle tombe de la table basse, ou on doit lui taper dans le dos pour lui faire cracher la pièce de monnaie qu'elle a dans la bouche. Chose qui n'arrive jamais quand maman est là.

Ou alors on oublie de leur mettre leurs manteaux pour sortir. Il faut dire qu'il nous faut trois heures de préparation pour faire une balade de cinq minutes au parc.

Mais cette fois, à la seconde où maman a démarré, on a harnaché les jumelles dans leur poussette double à la vitesse de l'éclair. Trois minutes top chrono. On a traversé la ville à cent kilomètres heure, un record quand on pousse ce tank !

– Monsieur Sacrin ! Léo ! Ça faisait longtemps ! a remarqué le boucher, M. Hahn.

Mon père a scanné la boutique d'un œil expert. Il n'allait quand même pas payer quelque chose de sa poche avec de l'argent, même s'il en crevait d'envie. C'est techniquement impossible pour lui. Il a proposé à M. Hahn de réparer sa machine à trancher le jambon en échange de deux steaks, quatre côtelettes et une livre de bacon. Le boucher a accepté le marché et il a préparé notre commande.

– Dépêchez-vous, l'a pressé mon père. Et surtout, n'oubliez pas : vous ne nous avez pas vus !

Pendant que M. Hahn, un peu perplexe, emballait notre viande dans du papier, papa et moi, nous admirions les saucisses et les pâtés à travers la vitrine, comme deux taulards rêvant de liberté.

Une fois sur le trottoir, mon père avait carrément envie de manger la viande crue.

– Au restaurant, on appelle ça un steak tartare, a-t-il affirmé en saisissant le steak à pleines mains pour le porter à ses lèvres.

J'ai protesté pour la forme :

– Non, p'pa, c'est pas bon…

Mais finalement, j'en ai arraché un morceau du bout des dents.

À peine rentrés à la maison, on a allumé le barbecue. On n'a même pas réalisé qu'on était en plein mois de janvier et qu'il gelait. On avait de quoi nourrir une équipe de foot entière, on allait faire un festin de viande grillée. Pas besoin d'ustensiles de fillette – d'assiettes, de serviettes, tous ces trucs de mauviette. Non, juste nos mains, nos bouches et nos incisives.

On était en plein carnivorathon quand maman a appelé pour dire qu'elle rentrait. On a juste eu le temps de nettoyer la scène du crime afin de ne laisser aucun indice. On a mis des gants en caoutchouc et on a tout soigneusement récuré à l'eau de Javel comme dans *New York, police judiciaire*, la série préférée de mon père.

On venait de finir de gratter la grille du barbecue lorsqu'elle est descendue de sa voiture, avec ses grands cabas réutilisables du magasin bio.

En entrant dans le jardin, elle s'est mise à renifler, le nez en l'air.

– Ça sent bizarre… Qu'est-ce qui se passe ici ?

– Rien, rien, on faisait juste un brin de ménage, a répondu mon père en ôtant discrètement un morceau de viande coincé entre ses dents. On s'est fait du tofu au cumin.

– Au barbecue ? Mais il fait à peine dix degrés !

– Parce que je préfère le tofu grillé. C'est comme ça qu'il donne tout son arôme, ai-je renchéri.

– Et vous avez soigneusement nettoyé la grille, a-t-elle remarqué d'un ton suspicieux.

– C'est très important, sinon ça attire les ratons laveurs, ai-je affirmé.

Ma mère a embrassé la scène du regard, les gants en caoutchouc, la bouteille d'eau de Javel et elle a ordonné :

– Suis-moi dans la cuisine, Léo. Immédiatement.

J'ai ôté mes gants et je lui ai emboîté le pas, le cœur battant. J'avais un mauvais pressentiment. Elle m'a fait asseoir juste à côté de ma petite sœur.

– Du tofu au cumin ? Et vous vous imaginez que je vais gober ça ?

Alice a tiré une tranche de bacon de sous sa jupe et l'a agitée comme un drapeau.

– Bon d'accord, on l'a assaisonné avec un petit peu de porc…
– Je le savais !
– Mais à peine, franchement, maman. Juste une tranchette de bacon.

Alice a levé ses petits doigts.
– Twa !
– Bon, d'accord, trois. Mais on n'en pouvait plus. J'ai cru que papa allait manger le fauteuil en cuir du salon !

Ça ferait une bonne soupe
pour quelqu'un qui a vraiment l'estomac dans les talons.

– Que papa ait besoin de viande, je comprends. Quand il était petit, il mangeait des pieds de porc au petit déjeuner. Mais toi ! s'est écriée ma mère. En tant que représentant de la nouvelle génération, tu devrais être le premier concerné. Dire que j'ai essayé de convaincre ton père de te laisser le bureau malgré tes mauvaises notes en histoire !

J'ai arraché le bacon des mains de ma sœur pour le jeter à la poubelle.

– Ça ne se reproduira plus jamais, maman.

Mais elle a quitté la pièce, furieuse, me laissant seul avec Alice qui est allée repêcher le bacon dans la poubelle.

– J'ai promis que j'allais améliorer mes résultats ! ai-je crié à la porte de la cuisine.

Mais maman était partie chercher ses haricots et son riz complet dans la voiture.

Je me demande comment elle aurait réagi si elle avait su toute la vérité. Qu'en plus du bacon, nous avions mangé des steaks et des côtes de porc. Elle m'aurait sûrement privé de sortie jusqu'à ma majorité.

Je sais que ça peut paraître idiot, mais j'ai l'impression que les jumelles nous regardent comme si elles savaient exactement ce qu'on a fait, papa et moi. On dit que les bébés sont beaucoup plus intelligents qu'on ne le croit et que ce n'est pas parce qu'ils ne parlent pas qu'ils ne comprennent rien. Papa et moi, ça nous met mal à l'aise quand les filles nous fixent. On a l'impression que, si elles pouvaient, elles rapporteraient tout à maman.

Alors j'ai pris les devants, en faisant les courses au supermarché, je leur ai montré un énorme gigot d'agneau en disant :

– TOFU ! TOFU !

Ce qu'on mangeait

Tout ce qu'on pouvait attraper

De l'écorce

Tout ce qu'on pouvait faire pousser.

———————|————————|————————|————————|———
Il y a 80 000 ans   5 000 ans av. J.-C.   2 000 ans av. J.-C.   1 000 ans av. J.-C.

Tout ce qu'on pouvait voler.

Tout ce qu'on pouvait manger sans dents.

à l'époque...

Tout ce qu'on pouvait manger avec un dentier en bois.

« Un triple cheeseburger »

Tout ce qu'on pouvait acheter sans sortir de sa voiture.

Tout ce qu'on peut trouver au magasin bio.

1800　　　1950　　　2000　Aujourd'hui　Dans cent ans

Tout ce qu'on pouvait acheter.

Des Oréos.

Tout ce qu'on trouvera sous forme de gélules.

Dîner complet poulet rôti-frites

TENUES VESTIMENTAIRES

Cher habitant du futur dont je ne connais pas le nom,

Il y a quelques jours, alors que je me préparais pour aller au collège, ma mère est entrée dans ma chambre et a posé un sac tout froissé sur mon lit.
– Tiens, Léo, de nouveaux vêtements.
Elle dit toujours ça, alors qu'elle ne me dégotte que des trucs d'occasion.
– Merci, maman. Quand tu dis « nouveaux », tu veux dire « neufs » ? Genre, tu es allée au centre commercial pour m'acheter quelque chose qui me va ? Ou « nouveaux » dans le sens, ils étaient à Gary qui les a usés jusqu'à la corde et, maintenant, ils sont à moi ?
– Oh, Léo, qu'est-ce que ça change ?
Comme Paul ne veut pas porter les anciennes affaires de son frère, ma mère les récupère avec joie. Une fois de plus par respect pour la planète.

Si vous me voyiez dans un jean de Gary, vous me donneriez une médaille de protecteur de la nature. C'est toujours trois fois trop grand, on pourrait y caser trois Léo en largeur. Bref, ça me va comme un sac à patates. En plus, imaginez les efforts que je dois fournir pour éviter qu'il tombe direct aux pieds.

Corde, bretelles, élastique… j'ai tout essayé.

Bigfoot, l'une des rares créatures de la planète qui soit plus costaud que Gary.

– Maman, j'adore notre bonne vieille Terre, la nature, et tout, et tout. Mais qu'est-ce que tu dirais si, pour une fois, on allait m'acheter un pantalon qui me couvre les fesses quand je fais du sport ?

– Léo Sacrin. Tu sais aussi bien que moi qu'acheter des vêtements neufs est frivole et inutile. Regarde ce que j'ai aux pieds : les sabots de jardinage de tante Jane.

Elle a exhibé un truc orange en plastique, laissant tomber un petit tas de fumier sur le parquet.

Tandis qu'elle s'éloignait, j'ai examiné les vêtements. Un T-shirt avec une grosse tache marron sur le devant. J'avais l'impression qu'elle me fixait, avec ses deux petits yeux méchants et son sourire moqueur, comme Gary. Sans même réfléchir, j'ai lancé :

– Maman, il me faudrait quelque chose de potable pour aller au bal du collège, vendredi.

Qu'est-ce qui m'a pris de dire ça alors que je ne veux pas mettre les pieds à cette soirée ? Pas question. D'accord, en décembre, j'avais dit que j'avais l'intention d'y aller avec Juliette Shamo. Mais ce n'était pas vrai !

Les T-shirts de Gary

«Spécial gym»   «Vomito»   «Aaa-tchoum!»

Ma mère s'est figée sur place. Elle a poussé un cri strident, entre l'alarme de voiture et la gamine de huit ans surexcitée.

– Oh, mon Dieu ! Alors, tu vas y aller finalement ? Juliette a accepté ? Elle est tellement mignooooonne sur sa vidéo avec son petit toutou ! Vous allez vous embrasser ? Je vais vous accompagner, d'accord ? Je prendrai l'appareil photo. Il faut que j'immortalise ça !

Et elle a filé, sans doute pour appeler la mère de Paul, la mère de Juliette et toutes les autres mères d'élèves de la ville. Moi, je suis resté planté là, au milieu de la tombe que je venais de creuser moi-même.

Je ne savais pas quoi faire. Le bal était vendredi, plus que quelques jours ! Franchement, pourquoi le mois de février passe aussi vite ?

Le lendemain matin, je suis arrivé devant mon casier en tirant mon chariot grinçant, vêtu de mon « nouveau » pantalon qui me faisait une sorte de parachute en jean. Je n'ai même pas sorti mes livres. Je suis resté là, accroupi, à contempler le grand bazar de mon casier… et de ma vie.

– Qu'est-ce qui t'arrive ? m'a demandé Paul qui a le casier d'à côté.

Malheureusement, c'était bien la dernière personne au monde que j'avais envie de voir.

– Qu'est-ce qui se passe, Léo ?

Je me suis efforcé de l'ignorer, parce que je l'avais encore surpris en train de discuter avec Nick Tordur, pas plus tard que la veille. Cette fois, ils étaient juste devant le self. Dès qu'ils m'avaient vu, chacun était parti de son côté.

Mais étant donné la tête que je faisais, Paul ne voulait pas lâcher l'affaire.

– Je vois bien que ça ne va pas, Léo.

Je devais vraiment toucher le fond, car j'ai fini par tout lui raconter. Que j'avais dit à ma mère que j'irais au bal pour qu'elle m'achète des vêtements. Qu'elle pensait que j'avais invité Juliette Shamo, alors qu'en fait pas du tout.

– Bah, tu n'as plus qu'à l'inviter, alors, a-t-il conclu. Je suis sûr que ta mère a prévenu sa mère. L'affaire doit déjà être réglée à l'heure qu'il est.

– Ouaip, je ne dirais pas ça, moi…

– Lana et moi, on passera vous chercher. Ça va être cool.

– Non, ce ne sera pas cool du tout, parce que ça n'arrivera ja…

Mais Paul ne m'écoutait pas. En me retournant, j'ai compris pourquoi. Juliette Shamo se tenait à l'autre bout du couloir.

– Elle est là, Léo, a-t-il fait en me donnant un coup de coude. Vas-y. Invite-la. Dépêche-toi, ça va bientôt sonner.

J'ai pensé qu'il faudrait que j'aie une petite conversation avec Paul plus tard. De toute façon, je n'avais pas le choix. J'étais obligé d'aller voir Juliette.

J'ai voulu me relever, mais mon jean de géant est resté accroché à une des roues de mon chariot. J'ai tiré dessus… rien à faire.

– Le jean de Gary… euh, je veux dire mon jean… enfin bref, le jean que je porte est coincé dans mon chariot, ai-je soufflé.

– Allez ! Vas-y ! m'a encouragé Paul.

J'ai tiré un grand coup pour libérer le pantalon, *crac !* et je me suis dirigé en grinçant vers Juliette. Couine, couine, couine…

– Salut, Juliette.

Couine.

– Qu'est-ce que tu veux, Mamie Sacrin ?
– Ça va bien, et toi ? Je voulais…

Couine.

— … te demander un truc.

Elle m'a dévisagé en fronçant le nez comme si je sentais affreusement mauvais – ce qui, vu les auréoles jaunes au niveau des aisselles du T-shirt de Gary, était affreusement possible.

J'ai essayé de ne pas m'arrêter aux bagues violettes qui ornaient ses dents et à son sourire carnassier. J'ai passé outre les moqueries que sa petite bande me lançait en cours d'histoire. Il y avait sûrement quelqu'un de très bien là-dessous.

– Tu… tu voudrais venir… à… au… ahh… ?

Elle a aspiré sa salive en faisant une petite bulle sur ses bagues.

– Est-ce que je veux quoi ?
– Tu voudrais venir… à… au… ahh… hum d'histoire. Tu voudrais m'aider à réviser mon histoire ?

Non seulement je m'étais complètement dégonflé et, du coup, je pouvais dire adieu aux vêtements de mes rêves mais, en plus, j'allais être obligé de bosser mon histoire avec Juliette Shamo.

– À deux conditions. Un, tu me paies. Deux, tu fournis les provisions. J'aime les caramels, le bœuf séché et les Smarties. Une demi-heure, chez toi. Une seule fois.

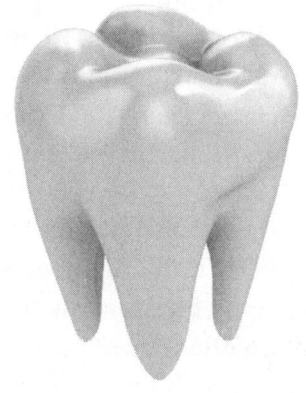

Je me demande si Juliette a le même nombre de dents que George Washington.

Ce soir-là, quand elle a débarqué chez moi, j'avoue que j'étais soulagé. Certes, ça allait être une torture. Re-certes, j'aurais largement préféré jouer à *Secret Cavern*. Mais si je révisais avec elle, j'avais peut-être une chance d'améliorer ma moyenne.

À la minute où nous sommes entrés dans la cuisine, ma mère s'est ruée sur nous.

– Bonjooouuur, Juliette ! Je suis tellement contente de te voir. Bien, bien… je vais vous laisser tranquilles tous les deux…

Je suis devenu écarlate.

– Bon, on commence par quoi, Juliette ? La guerre d'Indépendance ?

Mais au lieu de se pencher sur les bouquins, elle était occupée à envoyer des sms. Elle tapait tellement vite que je voyais à peine ses doigts. Et tout en pianotant sur son portable, elle marmonnait toute seule :

– Punaise ! J'y crois pas. C'est pas vrai ! Elle n'y va pas avec lui, quand même ! C'est moi qu'il devait inviter !

Et sans prévenir, elle a fondu en larmes. J'ai dû lui donner la moitié de la boîte de mouchoirs pour éponger l'inondation. Je ne comprenais qu'un mot sur dix, mais elle répétait qu'elle n'avait personne, qu'elle allait passer pour une idiote, qu'elle ne voulait pas y aller toute seule…

Brusquement, elle a posé son téléphone et m'a regardé.

– Léo, j'peux pas te supporter, je te trouve complètement débile et je préférerais me noyer dans une bouse d'éléphant malade plutôt que d'être vue en ta compagnie, mais… tu ne voudrais pas venir au bal du collège avec moi ?

– Eh bien, présenté comme ça…

– C'est de la faute de Steven Baer, il devait y aller avec moi mais il a préféré inviter cette peste d'Eva Martin, et maintenant je me retrouve sans cavalier.

Je t'en supplie. Je te ferai pas payer le cours. Et tu peux manger les Smarties.

Elle m'a fixé de ses grands yeux tout humides et sa lèvre supérieure s'est retroussée sur ses bagues.

– T'en fais pas pour le cours d'histoire, Juliette. Et tu peux garder les Smarties. OK, j'irai avec toi.

Elle a eu l'air soulagée, et en même temps, un peu inquiète. Moi aussi, j'angoissais parce que le bal approchait à grands pas.

Le vendredi, après les cours, ma mère m'a emmené faire les courses au centre commercial. J'ai découvert un truc génial dont j'ignorais l'existence : la cabine d'essayage à miroir panoramique. On peut se voir sous tous les angles. Elle m'a acheté des baskets neuves, un jean et un T-shirt spécial. Les autres avaient dit qu'ils allaient bien s'habiller, alors je ne voulais pas être en reste.

Le T-shirt smoking, presque aussi classe qu'un vrai !

Le soir, Paul et moi, on est passés prendre Lana et Juliette pour aller au collège, talonnés par nos mères. C'est à un quart d'heure à pied, mais ça m'a paru interminable. J'essayais désespérément de trouver quoi dire pour faire la conversation à Juliette. À un moment, je lui ai demandé si son chien savait chanter autre chose que *Joyeux anniversaire*, mais elle m'a lancé un regard noir, sans un mot.

En arrivant au bal, je n'avais pas du tout l'intention de rester toute la soirée avec elle ni d'esquisser le moindre pas de danse. Mais je ne sais pas ce qui m'a pris… C'était peut-être à cause de ma nouvelle tenue… la joie de porter un caleçon qui soit vraiment à moi, pour une fois. Je me sentais un homme neuf.

Et quand j'ai entendu la chanson *Boom boom Pow* (un super tube d'il y a deux ou trois ans), j'ai pris Juliette par la main et je l'ai entraînée sur la piste. Je me suis mis à faire des figures, à danser comme un robot et à faire la toupie sur le dos. Je m'en moquais, pour une fois, je n'avais pas un pantalon qui tombait, un T-shirt qui sentait mauvais, et des taches partout.

Enfin… jusqu'à ce que ma mère me demande de tenir son verre de punch pendant qu'elle prenait des photos de nous. Juliette a voulu me donner la main et je me suis renversé tout le verre dessus. J'étais trempé, T-shirt, pantalon et chaussures comprises. Même mes chaussettes étaient roses.

Albums photos du bal
(réalisés par ma mère)

Pour être honnête, à cette soirée, je me suis bien plus amusé que je ne l'imaginais. J'avais envie de remercier Paul de m'avoir poussé à y aller, de m'avoir encouragé à aborder Juliette Shamo dans le couloir. J'étais tellement préoccupé de l'avoir vu comploter avec Nick que j'en avais oublié qu'il avait aussi des bons côtés.

J'ai fait le tour du gymnase, en vain. Soudain, Gary est venu à ma rencontre, un sourire machiavélique aux lèvres.

– Tu cherches Paul, pas vrai, Mamie Sacrin ? Va donc voir derrière les gradins.

J'ai pensé qu'il se moquait de moi, mais comme je ne trouvais Paul nulle part, j'ai été voir du côté des gradins. C'est là que j'ai aperçu quatre jambes.

Deux à Paul. Deux à Nick Tordur.

Je me suis arrêté juste à temps pour voir Paul pianoter sur son téléphone avant de le passer à Nick.

Cette grosse brute a souri.

Il n'y avait qu'une seule chose sur le portable de Paul qui pouvait l'intéresser. Notre secret. La série de mouvements que Susie doit exécuter une fois qu'elle aura trouvé la faucille.

— Marché conclu ? ai-je entendu Paul murmurer.

— Marché conclu, a répondu Nick.

En repartant, Paul a failli me rentrer dedans.

— C'est quoi, votre marché ? l'ai-je questionné.

— Léo, justement je te cherchais. J'ai échangé…

— C'est bon. Je sais ce que tu as échangé. La seule avance qu'on ait sur Nick. Notre secret. Enfin, au moins, maintenant, je sais dans quel camp tu es.

— Mais je lui ai donné…

— Arrête, Paul. Tu es un traître. Je passerai au niveau supérieur sans toi.

— Je ne suis pas un traître ! a-t-il hurlé alors que je quittais le bal, furieux, pour m'engouffrer dans la nuit glacée.

Je suis rentré à la maison tout seul, je me sentais misérable malgré ma tenue neuve.

Au moment où j'écris ces mots, je me demande si, dans le futur, le concept de « meilleur ami au monde » existe toujours. Peut-être qu'il s'agit plutôt de « meilleur ami dans la galaxie » puisqu'on doit facilement voyager dans l'espace.

J'espère qu'à votre époque, vous ne vous contentez pas d'avoir un seul ami.

En tout cas, moi, si j'ai un conseil à vous donner, c'est d'en avoir plusieurs sous le coude.

Parce que se retrouver tout seul, ça craint.

Les fringues d'occaz

« C'est la dernière mode à Sparte ! »

« Donne jambe de bois, très peu servi. »

| 18592 av. J.-C. | 620 av. J.-C. | 529 | 1247 | 1540 |

« J'ai seulement fait deux crottes dedans, Grog. »

Y a qu'à ôter le sang pis les dents, et c't'armure sera en parfait état.

« Ces bottes reviendront à la mode dans quelques siècles sous le nom de UGGS. »

à travers le temps

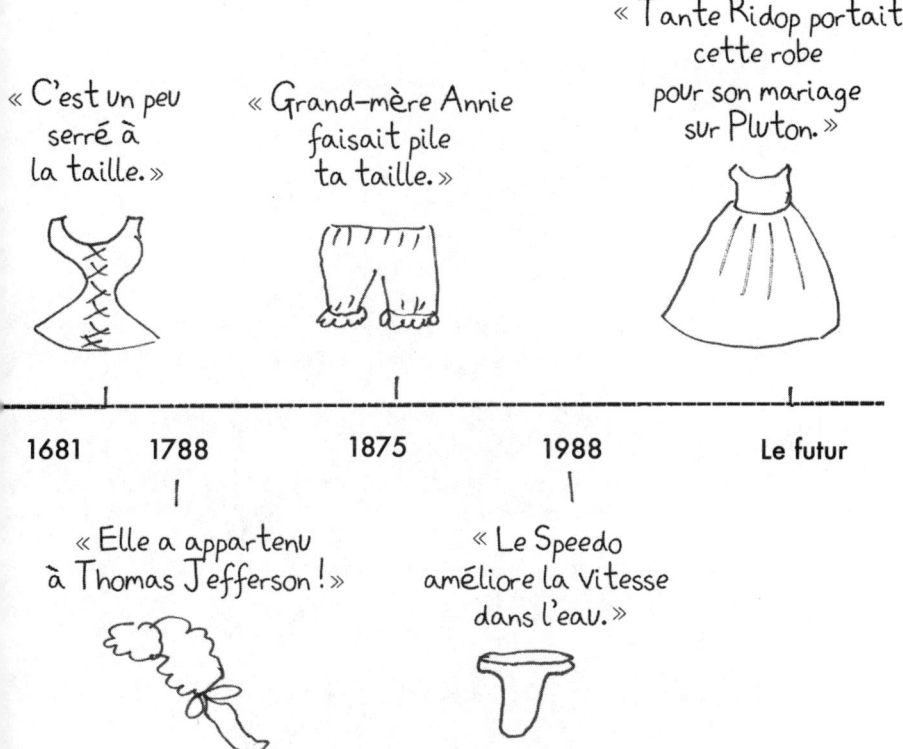

BÉNÉVOLAT

Cher Harry/Bob/Sally/Maria/Zringldorp/
Kir₃bop,

À notre époque, les collèges adorent proposer des activités caritatives à leurs élèves. Notre professeur de sciences, Mme Weiss, a organisé une grande action qu'elle a appelée : « Les jeunes en veulent ». En fait, on n'en veut pas vraiment et on n'est pas franchement volontaires. Tout le monde doit participer. C'est noté.
– Si vous voulez donner de votre temps pour une bonne cause, il faut choisir un projet qui vous tienne vraiment à cœur, nous a-t-elle expliqué.
Mon ex-meilleur ami, Paul, a aussitôt levé la main.
– Je me porte volontaire pour surveiller le vestiaire des filles.
(Là où elles se changent pour le cours de gym. N'importe quoi !)

Mme Weiss l'a ignoré et a donné la parole à Valentine Hilary.

– Je voudrais bien travailler au refuge pour chiens abandonnés.

Chiens abandonnés qui s'efforcent d'avoir l'air mignon pour être adoptés.

– Bonne idée, Valentine! D'autres volontaires?

La plupart des élèves ont proposé de nettoyer les bas-côtés de la route, ou des parcs, des plages, des trucs du genre. À croire que nous, les enfants, on est là pour nettoyer les saletés des autres!

Très vite, chacun a choisi un projet... à part moi.

J'y ai réfléchi sur le chemin du retour et, au dîner, j'ai annoncé à mes parents:

– Je me porte volontaire pour tester les jeux vidéo. Il faut bien que quelqu'un se dévoue.

Ils ont descendu mon idée en cinq secondes.

Ce qui m'embêtait bien parce que je n'en avais pas d'autre.

Quelque chose qui me tenait à cœur à part les jeux vidéo? Je ne voyais vraiment pas...

Le lendemain, en partant au collège, j'ai déjà vu des tas d'élèves au boulot, en train de nettoyer les squares et les trottoirs… alors que je n'avais même pas encore choisi de projet.

J'entrais donc en cours, la tête basse, lorsque j'ai remarqué un prospectus sur le bureau de M. Tropas.

> **La Société historique de Stowfield**
>
> *recrute de jeunes volontaires pour ses soirées historiques.*

Quelle idée de génie ! Voilà quelque chose qui me tenait à cœur et qui, en plus, pourrait me rapporter une bonne note, me faire briller aux yeux du prof d'histoire et, qui sait, me permettre d'obtenir ma chambre à moi !

Ou comment faire d'une pierre trois ou quatre coups !

Pendant que M. Tropas était occupé à écrire au tableau, j'ai noté le numéro de téléphone sur le dos de ma main. Et j'ai appelé le soir en rentrant à la maison.

– Société historique de Stowfield, a répondu une dame qui devait avoir cent cinquante ans.

– Salut ! Je m'appelle Léo Sacrin, j'ai entendu dire que vous recherchiez de jeunes volontaires…

– Quel âge as-tu ?

– Douze ans.

– Tu voudrais participer à la soirée historique de cette semaine ?

– Oh oui, j'adore l'histoire !

Je me disais que ça ne devait pas être trop sorcier de récurer une baratte à beurre de l'époque coloniale ou d'astiquer quelques pointes de flèches indiennes.

– Quel est ton domaine ? m'a demandé mère-grand.

– Eh bien, ma mère dit toujours qu'il faut faire la poussière avant de passer l'aspirateur et je suis tout à fait d'accord.

Il y a eu un long silence à l'autre bout du fil, puis finalement la dame a repris :

– Bon, voilà comment ça fonctionne. Tu auras dix minutes à utiliser à ta convenance. Tu peux faire ce que tu veux, ce qui t'intéresse le plus. Tout est expliqué dans le prospectus. Et si tu as la moindre question, n'hésite pas à nous rappeler.

– Génial.

– Rendez-vous à huit heures, alors. Oh, un dernier détail, surtout apporte ton propre matériel, d'accord ?

Du coup, j'ai prévu un balai-serpillière, un seau et une bombe de dépoussiérant Citroclair. D'après la pub, ça permet de « dépoussiérer, nettoyer et faire briller d'un seul coup ».

Je ne pouvais pas lire les instructions du prospectus puisqu'il était resté sur le bureau de M. Tropas. Mais j'ai haussé les épaules : pas besoin de mode d'emploi pour faire le ménage, hein ?

Le jeudi soir, j'ai entassé mon matos dans mon chariot et je me suis rendu à la Société historique. En arrivant, j'ai été surpris de voir le parking plein à craquer. Effectivement, avec une foule pareille, un bon nettoyage n'allait pas être du luxe. Et puis, peut-être que les passionnés d'histoire étaient en réalité de gros fêtards qui cassaient les lampes et tout ça, qui sait ?

Il n'y avait personne à l'accueil quand je suis entré, j'ai donc patienté et j'en ai profité pour regarder autour de moi. En effet, c'était plein de vieux trucs poussiéreux partout – des cartes, des boussoles, des peaux d'ours…

On dirait mon père
quand il reçoit mon bulletin de notes.

Il y avait même une statue grandeur nature d'une Indienne nommée Sacagawea, elle était vêtue de fourrures et portait un bébé sur son dos. Une plaque indiquait qu'elle avait seize ans quand elle avait escorté Lewis et Clark lors de leur expédition et que, sans son aide en tant qu'interprète, ils n'auraient jamais réussi. Je l'ai dévisagée, puis j'ai regardé les flèches et les tomahawks exposés à côté… C'est alors qu'un truc plus qu'étrange s'est produit. Pour la première fois de ma vie, ça m'a paru… comment dire… presque intéressant.

J'étais là, en train de penser aux personnages sacrément courageux qui ont fait l'histoire, aux épreuves terribles qu'ils ont surmontées… quand soudain mon balai m'a échappé et est tombé sur un tipi qui se dressait à côté du comptoir d'accueil.

En me penchant pour le ramasser, j'ai aperçu un panneau :

Nos intervenants de ce soir :

LÉO SACRIN
STÉPHANIE ARONS
ANNA BACKER

•

Nos *quoi* ?

Juste à ce moment-là, la dame de l'accueil est arrivée et m'a tendu la main.

– Bonsoir, tu dois être Léo.

– Euh… il doit y avoir erreur…, ai-je bafouillé.

– Merci infiniment d'être venu. Tu passeras en premier, m'a-t-elle annoncé. Et surtout essaie de faire en sorte que ton exposé ne dépasse pas dix minutes, s'il te plaît.

Dix minutes ? J'étais censé parler d'histoire pendant dix minutes devant le public de la Société historique ? Mais qu'est-ce qui m'avait pris ? J'aurais dû lire ce satané prospectus !

J'allais prendre mes jambes à mon cou, mais là, bien sûr, devinez quoi ? Je me suis retrouvé nez à nez avec M. Tropas.

– Quelle surprise de vous croiser ici, monsieur Sacrin !

Il a rajusté son nœud papillon en me toisant d'un regard sévère et a ajouté :

– Bizarrement, c'est bien le dernier endroit où je m'attendais à vous trouver.

Il a laissé échapper un profond soupir, comme s'il savait qu'il gaspillait sa salive, puis a murmuré :

– Je vais vous accompagner sur l'estrade.

Il s'avère que la moitié de la ville fait partie de la Société historique. À commencer par le maire, M. Sheffield, toute la police municipale, M. Tropas et la plupart des professeurs du collège.

Papi Janson m'a fait signe du fond de la salle.

M. Tropas s'est éclairci la voix avant de déclarer, face au public :

– Mesdames, messieurs, j'aimerais vous présenter notre premier intervenant bénévole de ce soir, un élève de ma classe, Léo Sacrin.

On m'a applaudi vigoureusement. Lorsque le calme est revenu, je me suis raccroché à mon balai comme à une bouée de secours.

Silence.

– Hum... Euh... L'histoire est une tentative inconsciente pour faire revivre le passé dans le futur et apprendre... euh...

Silence encore.

– ... ou devrais-je dire... l'homme qui n'apprend pas de son passé vit dans l'inconscience de son futur.

Plus que neuf minutes et quarante secondes.

– Je veux dire, si on considère l'histoire, et particulièrement l'histoire récente, elle remonte à très longtemps. Dans le passé, je veux dire.

M. Tropas m'a lancé un regard meurtrier, indiquant clairement qu'il mourait d'envie de m'étrangler sur place, là, devant le maire.

J'ai brandi mon vaporisateur de Citroclair.

– ... elle remonte jusqu'à une époque où il était

impossible de dépoussiérer, nettoyer et faire briller d'un seul coup.

Avant qu'on me demande de descendre de l'estrade, j'ai quand même réussi à tenir cinq minutes en parlant du balai-serpillière et du seau – deux évolutions technologiques capitales pour l'être humain. J'ai même été applaudi par deux ou trois dames de l'assistance qui devaient apprécier d'entretenir leur intérieur et qui avaient vraisemblablement oublié de brancher leur appareil auditif.

Inutile d'acheter un balai-serpillière si vous avez un chien de la race adéquate.

Une fois sur le parking, j'étais en train de ranger mon matériel dans mon chariot, lorsque j'ai vu M. Tropas se dresser devant moi.

– Quelle humiliation.

– Je sais. C'est… c'est une erreur. Je croyais que…

– Pourquoi détestez-vous autant l'histoire, monsieur Sacrin ?

Je devais vraiment être épuisé, au bout du rouleau ou carrément dérangé… car je ne sais pas ce qui m'a pris, j'ai regardé mon professeur droit dans les yeux en répondant :

– Je déteste l'histoire car c'est d'un ennui mortel. Et dans vos cours, vous rendez ça encore plus ennuyeux, ce qui est un exploit ! Parce que l'histoire est le truc le plus rasoir de l'histoire de l'humanité.

– Votre note du trimestre va pâtir de cette petite envolée lyrique, je vous préviens, monsieur Sacrin.

– Allez-y ! Ça ne changera pas grand-chose, de toute façon ! ai-je répliqué.

J'ai saisi mon chariot avec une telle force que le dernier morceau de gomme de la poignée s'est arraché. Tandis que je fuyais au plus vite M. Tropas et cette abominable Société historique, les roulettes couinaient si fort que je m'entendais à peine penser. Fichu machin. En plus, ça ne me servait à rien ! À quoi bon trimballer tous ces bouquins, hein ? Je n'avais pas une note au-dessus de D en histoire. Plus d'ami. Et un surnom monstrueux qui allait sûrement me coller pendant un siècle.

J'ai traversé la ville en couinant et, plus j'approchais de la maison, plus j'étais déprimé. J'aurais tellement aimé avoir un père différent. Qui se moque de l'histoire. Qui me lâche les baskets avec ça. Alors tout aurait changé…

Au bout d'une éternité, j'ai fini par arriver dans ma rue. J'ai remonté l'allée, j'allais pousser la porte quand j'ai imaginé la tête de mon père en apprenant ma note d'histoire. Finalement, il valait peut-être mieux que j'aille chez Paul. Quoi qu'il ait fait, je le connaissais quand même depuis que j'avais deux ans. On pourrait sans doute se réconcilier. En plus, je m'étais peut-être trompé pour Susie et la faucille. C'était sûrement un affreux malentendu. Paul n'aurait pas révélé notre secret sans m'en parler.

Après cette soirée catastrophique, j'avais vraiment besoin d'un ami.

Je suis allé chez Paul et j'ai vu de la lumière au sous-sol. Plutôt que de sonner à la porte pour être accueilli par Gary, je me suis dit que j'allais appeler Paul par le soupirail.

Mais je me suis figé net en l'apercevant. Il était en train de jouer à *Secret Cavern*. Alors il était passé au niveau supérieur ? Sûrement car Susie avait la faucille à la main.

Paul avait réussi. Non, je corrige. Il n'y était pas arrivé tout seul, car Nick était là. Il regardait Paul jouer en riant, une canette à la main.

Je me suis écarté de la fenêtre et j'ai tourné les talons. Je n'avais plus qu'à rentrer chez moi.

Comment les enfants se sont

En apportant
sa soupe
à papi Grogrg

En nettoyant
les crottes de
mammouth laineux

En partant
à la guerre
- « Mais
j'ai que 6 ans ! »

Âge de pierre | **Époque romaine** | **Du temps des colons**

En empaillant
un ours mort
pour offrir aux
enfants malades

En peignant
des fresques murales

| Allez, César ! |

En donnant des cours
aux plus petits
« Voilà comment on
scalpe un Indien... »

rendus utiles à travers les âges

« Youpi ! »

Grand nettoyage à bord pour la Boston Tea Party

En ramassant des canettes vides dans l'espace

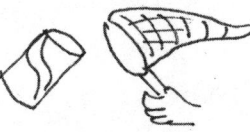

À l'époque de la révolution américaine | Actuellement | Dans le futur

« Vous allez me vendre 200 boîtes de cookies ou sinon... pas de kermesse ! »

PUNITIONS

Chère forme de vie bien plus évoluée que la mienne,

Je réalise que vous avez peut-être trouvé le moyen de vous procurer une machine à voyager dans le temps, depuis que vous avez commencé mon journal. Et je me disais que, si par chance vous en aviez une et si ça ne vous dérangeait pas trop, vous pourriez m'expédier dans le futur rapido..., s'il vous plaît ? Parce qu'il faut que je décampe le plus vite possible d'ici !

Vous vous demandez pourquoi je suis si pressé ? C'est juste que… comment dire ?

Si, je sais : JE SUIS UN HOMME MORT !

Sincèrement, en m'aidant à m'échapper de mon époque, vous me sauveriez la vie.

Vous voulez savoir quelle terrible menace pèse sur moi ?

La réponse tient en une seule lettre :

Ma note d'histoire.

M. Tropas ne plaisantait pas. Il m'a vraiment mis une sale note et il s'est empressé d'appeler mes parents. Il a dit qu'il ne me restait plus qu'un mois pour redresser la barre sinon...

– Léo, viens tout de suite dans la cuisine ! a hurlé mon père.

– Je me suis un peu laissé dépasser par les événements, papa. Mais pour me faire pardonner, si je faisais le ménage ? ai-je proposé en brandissant le balai.

– Il est hors de question que mon fils ait un F en histoire. C'est l'histoire qui fait de nous ce que nous sommes.

– Papa, je ne remonterai jamais la pente. Même si par miracle, j'avais une super note au dernier contrôle. M. Tropas me déteste. C'est fichu. Alors, arrête avec tes citations débiles.

– Mes citations débiles ? Parce que tu les trouves débiles ?

– Oui, complètement.

– C'est l'histoire qui nous évite de répéter les erreurs du passé, Léo !

On pourrait dire que c'est la citation qui a fait déborder le vase, parce que j'ai pété les plombs et je lui ai hurlé dessus :

– Voilà, c'est pile ce que je voulais dire ! Tu me sors chaque fois des trucs du genre «l'histoire nous évite de répéter les erreurs, bla-bla-bla…», mais regarde-toi ! Tu refais sans arrêt les mêmes erreurs ! Tu me refiles toujours des vieux machins qui me fichent la honte au collège, comme ce chariot ! Tu es le seul père du monde qui refuse d'acheter quoi que ce soit de neuf ! Tu fais comme si tu ne vivais que pour l'histoire, mais c'est faux ! Ton seul but dans la vie, c'est de me mettre la honte ! T'es qu'un vieux singe plein de poussière et de cambouis.

– Ça suffit, jeune homme ! a-t-il répliqué. Tu vas travailler et travailler dur. Va dans ta chambre et ne ressors pas avant d'avoir appris par cœur la déclaration d'Indépendance de la première à la dernière lettre !

– Quoi ? Mais elle fait trois cents pages !

– Dans ta chambre ! Tu es puni !

Le plus ironique, c'est qu'il n'arrêtait pas de répéter «*ta* chambre, va dans *ta* chambre»… tu parles !

J'ai donc filé dans «ma» chambre en claquant la porte. Je tremblais comme une feuille, je n'arrivais plus à respirer, alors je me suis assis sur mon lit, entre les deux berceaux. C'était la première fois que je me disputais à ce point avec mon père, et pourtant nous avions déjà eu quelques mots assez vifs.

Je n'aurais sans doute pas dû claquer la porte si fort parce que ça a réveillé les jumelles. J'ai cru qu'elles allaient se mettre à hurler elles aussi, mais finalement elles ont préféré se taire. Comme si elles sentaient que j'étais à bout. Je le dis, et je le répète, les bébés sont beaucoup plus intelligents qu'on ne le croit.

Sauf que ça ne les empêche pas de faire pipi et caca dans leur culotte. J'ai donc passé le restant de la journée à changer des couches tout en lisant la déclaration d'Indépendance. Bon, finalement, elle tient sur une page, ouf ! Mais apprendre ce texte par cœur, c'est aussi amusant que d'aller chercher la balle dans le jardin de Garou.

Lorsque dans le cours des événements humains, il devient nécessaire de bla-bla-bla...

Nous tenons pour évidentes pour elles-mêmes les vérités suivantes: tous les hommes sont créés égaux et ron et ron petit patapon... ZZZZ

En principe, quand je suis puni ou que je dois rester enfermé à préparer un contrôle, Paul vient me voir et passe par la fenêtre pour m'apporter un beignet au chocolat saupoudré de vermicelles arc-en-ciel. Ce soir-là, en étudiant la déclaration d'Indépendance, je jetais de temps à autre un coup d'œil par la fenêtre. Par habitude, ou parce que j'espérais le voir apparaître.

Mais en vain.

J'ai regardé les jumelles avec leurs hochets, leurs doudous et leurs peluches. Leur vie me paraissait tellement simple.

Il fallait que je trouve une solution pour me sortir de ce pétrin...

N'importe quel fusionneur de molécules, transformateur de particules ou machine à voyager dans le temps ferait l'affaire.

L'Explorateur intergalactique

Le Voie-Lactée Express

Le Routier de l'espace

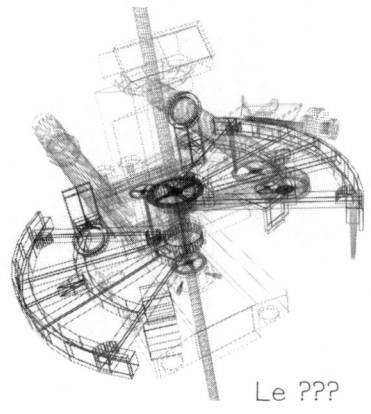

Le ???

L'Inverseur temporel

LOISIRS

Cher habitant du futur qui ne parlez peut-être pas notre langue – et aux yeux duquel, dans ce cas, ce journal n'est qu'une suite inintelligible de caractères du genre : Xhjoif Nwm OenfWht3q WyasfwrewoiulKn Lbgcde LnieueKenr Mffwf,

Je suis encore là, mais merci quand même si vous avez essayé de me faire venir à votre époque. Je crois que j'ai un peu pris mes désirs pour des réalités, mais j'espère que la machine à voyager dans le temps existera un jour et que je pourrai en profiter.

Vu la tournure des événements, je vais être puni à vie. Il ne reste plus que quatre semaines avant la fin de l'année et mon père est toujours aussi en colère.

Ça craint parce que l'été arrive et que je suis privé de :

- *Secret Cavern*
- Phillies, Flyers, Eagle (mes équipes préférées)
- sorties avec Paul.

(Pour ce dernier point, ça ne change pas grand-chose puisque, depuis le bal, on ne s'adresse plus la parole. Quand on se croise dans les couloirs, on fait semblant d'avoir un truc coincé sous un ongle, ou une poussière dans l'œil…)

Le pire, c'est que mes chances d'obtenir un jour une chambre digne de ce nom sans avoir à la partager avec deux bébés sont maintenant pratiquement nulles. Et je ne vois aucune solution. Mon père est tellement furieux qu'il m'évite. Je ne suis même pas sûr qu'il daignera un jour poser à nouveau les yeux sur moi!!!

M. Tropas ne me regarde plus non plus. C'est vraiment une cause perdue. (Je lui ai pourtant écrit une lettre pour m'excuser, mais je pense qu'il ne l'a même pas lue.)

Étant donné la situation, je n'avais pas d'autre choix que de prendre les choses en main et d'échafauder un plan B.

À part papa et M. Tropas, il n'y a qu'une seule autre personne qui pourrait lever la punition. Une personne qui serait susceptible d'oublier un misérable F par pitié pour un jeune garçon. Une personne qui, dans le fond, a le cœur tendre.

Maman!

Mon plan était très simple. C'était un classique qui avait fait ses preuves : me faire bien voir en me rendant utile auprès de la maîtresse de maison. L'aider. Faire des trucs qu'elle aime avec elle. Sourire à ses amies.

Voilà pourquoi je vais faire une liste des activités familiales en vogue à notre époque :

Grande star des activités de loisirs
numéro 1 : le club lecture

Il est pratiquement impossible de trouver de nos jours une mère de famille qui ne fasse pas partie de ce qu'on appelle un « club lecture ».

Pour des raisons qui m'échappent, elles se réunissent une fois par mois chez l'une ou l'autre pour discuter d'un livre qu'elles ont lu *pour le plaisir*. Sans y être forcées, sans avoir à rendre une fiche de lecture, simplement parce qu'elles aiment ça !

J'avais remarqué que, quand c'est au tour de ma mère d'accueillir le club lecture, elle préparait des plateaux entiers de canapés et de petits fours. J'imagine que ça creuse l'estomac, tous ces bouquins.

Et ce mois-ci, c'était justement elle qui recevait. Donc, quand les dames sont arrivées à sept heures du soir mardi dernier, j'étais prêt.

Elles étaient à peine installées dans le salon pour parler de *Raison et sentiments* (un roman à l'eau de rose méga super gnangnan d'une certaine Jane Austen), que j'ai fait mon apparition avec une assiette de gâteaux.

– Qui veut un doigt de fée ?

Doigts de fée

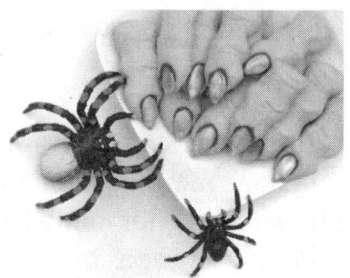
Version Halloween : doigts de sorcière

Le tablier de ma mère autour de la taille, j'ai fait passer le plat en m'arrêtant devant chacune de ses amies.

– Tenez, madame Boswell. Comment va votre genou ? Mieux, j'espère.

– Madame Stoddard ! Vous êtes ravissante !

– Oh, bonsoir, madame Popper. On remarque à peine les poils de votre verrue, aujourd'hui.

Lorsque je suis arrivé devant ma mère, elle m'a lancé un drôle de regard. Elle avait des petits plis entre les sourcils, signe qu'elle était furieuse. Mais lorsqu'elle a entendu ces dames s'extasier que j'étais vraiment un garçon charmant, je l'ai vue fondre comme un caramel au soleil.

Avant de quitter la pièce, j'ai même pris un exemplaire de *Raison et sentiments* sur la table basse.

– Je ne sais pas ce que vous en pensez, mais je trouve que l'héroïne, Marianne, a raison : il faut se marier par amour et non pour l'argent ou le rang social.

Merci au merveilleux site Internet où j'avais trouvé le résumé !
J'ai reposé le roman avant de sortir, mon assiette de doigts de fée à la main.
Hop, le club lecture, c'était fait !
Et maintenant, la deuxième étape…

Best-sellers des clubs

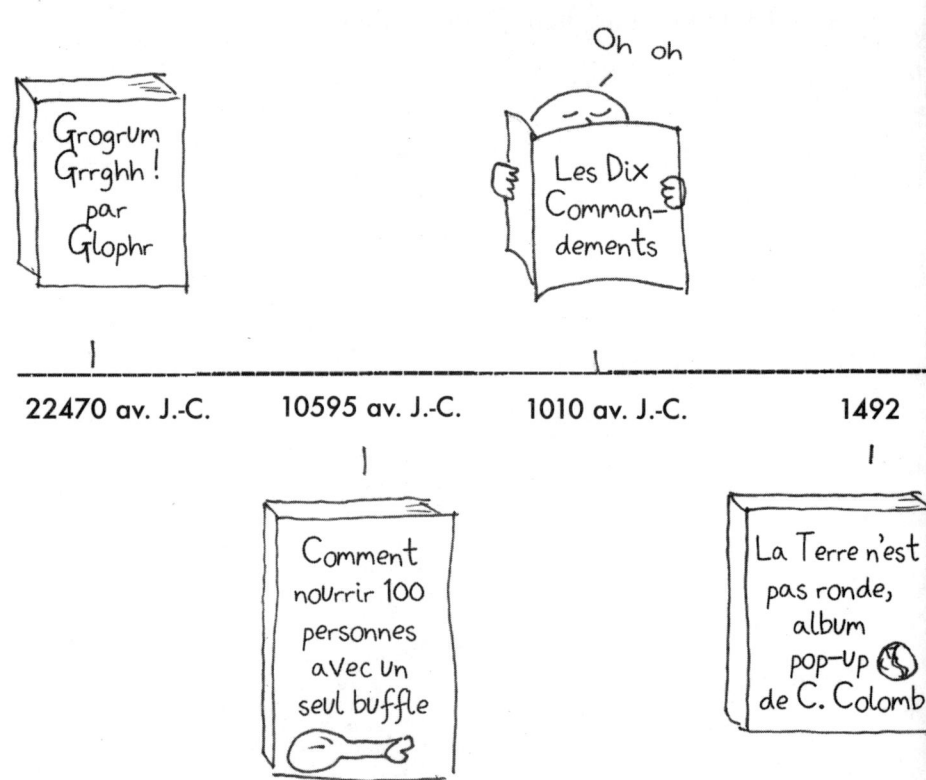

lecture à travers les âges

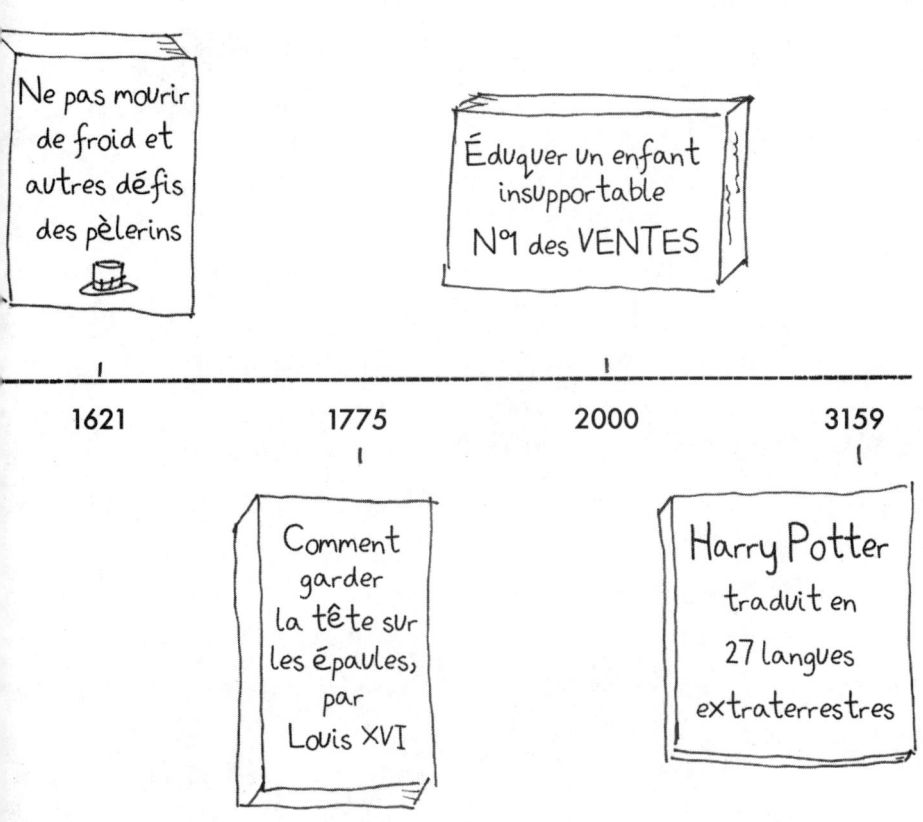

Numéro 2 des activités familiales
à la mode sur notre planète :
la visite de musée

Stowfield est à environ quatre-vingts kilomètres de Philadelphie, une ville chargée d'histoire (argh) et pleine de musées (gloups). Chaque fois qu'on y va, mes parents tiennent à rentabiliser la visite « vu tout ce qu'on dépense comme essence ». Et chaque fois qu'on en repart ou presque, je suis en larmes.

Le plus grand musée de la ville est le Philadelphia Art Museum. Il doit y avoir plus de trois cents salles et des kilomètres de couloirs. Rien que de le regarder de l'extérieur, j'ai des ampoules aux pieds.

Le Philadelphia Art Museum
plus connu sous le nom de « musée de la Douleur »

Hélas, ma mère adooore les musées et, plus ils sont grands, plus ils sont pleins de tableaux, mieux c'est.

Donc, il y a quelques jours, alors qu'elle préparait une soupe de lentilles, je me suis approché d'elle dans la cuisine.

– Salut, m'man. Je me disais que j'aimerais bien passer un peu plus de temps avec toi.
– C'est gentil, mon chéri.
– Si on allait au musée de Philadelphie, rien que nous deux ?
– Tu te sens bien, Léo ?
– Mais oui, maman. C'est juste que je commence à m'intéresser à l'art. Tu pourrais peut-être me montrer les œuvres que tu aimes bien.
– Avec plaisir ! On n'a qu'à y aller demain. Le dimanche, l'entrée est gratuite et le musée est ouvert jusqu'à cinq heures. On pourra y rester six heures !
– Six heures ? me suis-je étranglé.

– Hum… euh, je voulais dire… super !
Je me suis retenu au plan de travail pour ne pas tomber raide au beau milieu de la cuisine.
– On va passer une chouette journée ensemble, maman.
Je me doutais que ça allait être nettement plus dur que le club lecture. Six heures à regarder des peintures, des sculptures et des vases chinois. Sans compter qu'il y a une aile entière consacrée aux tapisseries !
Mais comme dit mon père : « Aux grands maux, les grands remèdes. »

À onze heures pile le dimanche matin, ma mère piétinait déjà à l'entrée du musée et elle s'est élancée tel un cheval de course dès l'ouverture des portes.

– Par où commencer ? Oooh, les arts décoratifs du XIXe siècle, qu'en dis-tu ? Non, allons plutôt voir les Impressionnistes, hein ?

À midi, j'étais déjà à moitié mort et il restait cinq heures à tirer.

– Oh, Léo, regarde cette figurine en porcelaine. Quelle délicatesse, quelle maîtrise !

– Elle est exquise, maman.

– Viens, on va aller écouter la conférence sur les aqueducs romains.

Ma mère galopait d'une salle à l'autre, tandis que je me traînais péniblement derrière, en m'efforçant de ne pas trébucher. J'avais toutes les peines du monde à garder les yeux ouverts. La seule chose qui me faisait tenir, c'était l'espoir que chaque heure passée ici en sa compagnie me rapprochait de la fin de ma punition.

Et puis il faut avouer qu'il y avait quelques statues assez amusantes.

En milieu d'après-midi, maman et moi, nous nous sommes retrouvés dans la salle des tombeaux égyptiens. On y voyait des dalles de pierre et des trésors funéraires fabriqués par les Égyptiens il y a des milliers d'années. Tout était tellement sculpté et décoré qu'ils avaient dû passer au moins un siècle sur chacun d'eux.

Vu le mal que j'avais eu avec la balustrade de la terrasse, j'imaginais sans peine ce que les Égyptiens avaient enduré. J'étais en sueur rien que d'admirer leur travail.

J'étais perdu dans mes pensées lorsque… devinez qui j'ai aperçu, planté devant les tombeaux ?

Nick Tordur.

Qu'est-ce qu'il fabriquait au musée ? Ça n'avait aucun sens. J'ai alors remarqué qu'il était en train de dessiner l'une des énormes stèles de pierre. Il devait avoir un devoir d'histoire à rendre.

Soudain, je me suis rendu compte que j'étais vraiment en sueur. La dernière fois que j'avais vu Nick, il était dans le sous-sol de Paul en train de rigoler. J'étais tellement en colère après lui que j'avais envie de le pousser dans un de ces tombeaux et de refermer le couvercle. Mais il ne se laisserait pas faire et il répliquerait : « Bien tenté, Mamie Sacrin ! » ou « Essaie encore, Mamie Sacrin ! »

Il valait mieux que je sorte vite, avant qu'il ne me repère. J'ai entraîné ma mère dans la direction opposée mais, alors que nous quittions la salle, quelque chose a attiré mon regard.

Nick était en train d'envoyer un sms avec le portable de Paul. J'aurais reconnu entre mille sa coque violette à carreaux écossais.

Qu'est-ce qu'il fabriquait avec le téléphone de Paul ? Il ne pouvait quand même pas le lui avoir volé ? Ou alors Paul le lui avait prêté ? J'ai repensé au soir du bal, quand je les avais surpris derrière les gradins. Paul était en train de lui montrer quelque chose sur son portable, et c'était forcément notre secret.

Mais maintenant, Nick avait le téléphone entre les mains. Je ne comprenais pas... Paul adorait son portable, il y tenait plus que tout au monde.

Ça m'a tracassé tout l'après-midi jusqu'à l'heure

bénie de la fermeture où nous avons enfin pu repartir. J'avais les pieds en sang et le dos en compote à force de rester debout.

J'avais la démarche d'oncle Lou.

Mais dans un sens, j'avais passé une bonne journée. Je voyais que je touchais au but, ma punition allait bientôt être levée. En regagnant la voiture, ma mère m'a pris par les épaules.

– Ça te dirait une bonne glace, mon chéri ? Je connais un endroit pas loin d'ici.

« Ça marche ! Ça marche ! avais-je envie de hurler. Elle m'emmène prendre une glace. La libération est proche ! »

Nous nous sommes donc assis tranquillement pour manger nos glaces au lait de soja dans nos cornets au blé complet. Au bout d'une minute, ma mère a levé la tête et m'a regardé droit dans les yeux. Je me suis dit : « Ça y est ! Elle va m'annoncer que ma punition est levée ! »

Mais à la place, elle s'est contentée de murmurer :

– Je vois clair dans ton jeu.

– Comment ça, maman ? ai-je demandé d'un air innocent.

– Tu essaies d'être plus gentil avec moi, pour me mettre dans ta poche. C'est très agréable…

– Hum…

– Mais si tu veux que ta punition soit levée, il n'y a qu'une seule chose à faire. Et tu sais très bien ce que c'est.

Hélas, je ne voyais que trop bien. Réviser pour le dernier contrôle d'histoire, dans deux semaines.

– Je n'y arrive pas, maman. L'histoire, je n'y comprends rien !

– Pourquoi tu n'en parles pas à ton père ?

Soudain ma glace ne me paraissait plus aussi bonne. Alors qu'elle était crémeuse et sucrée, elle me laissait un goût amer dans la bouche. Mais le pauvre cône vanille n'y était pour rien. J'avais juste du mal à digérer le fait que ma mère ait parfaitement raison.

Les attractions touristiques

Caverne d'art moderne

La tour de Pise

|---|---|---|---|
| -230 millions d'années | 30000 av. J.-C. | 10000 av. J.-C. | 1100 |

Zoo avec dinosaures vivants

Musée du Pagne (réservé aux plus de 18 ans)

à travers les âges

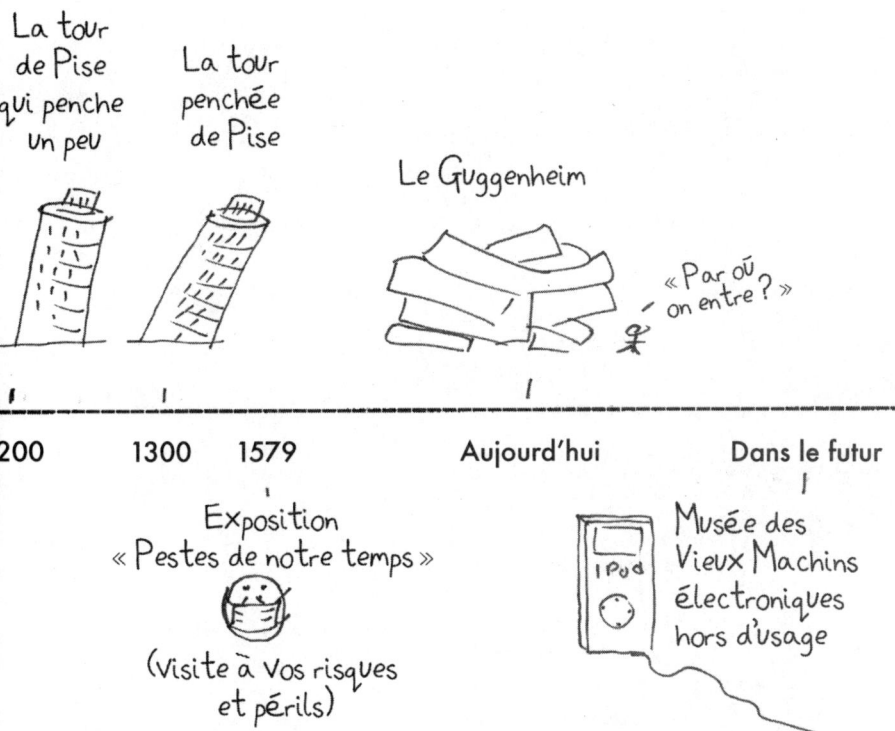

Cher Je-ne-sais-qui qui a trouvé ce journal et l'a lu jusqu'ici,

Je n'avais aucune envie de parler à mon père. C'était franchement la pire idée au monde. J'avais l'impression que lui et moi, c'était terminé. Nous n'aurions plus jamais le même avis sur les choses. Je me demandais comment des gens d'une même famille, du même sang, pouvaient être 100 % complètement, totalement différents.

Mais en fin de compte, c'est ce qui m'a fait changer d'avis. J'ai réalisé que je n'avais qu'un seul père et qu'il fallait faire avec. Ce n'était pas possible de continuer à s'éviter éternellement. Même si j'étais convaincu que la discussion allait mal se passer, je me suis dit qu'il fallait essayer.

Je l'ai trouvé assis à la table de la cuisine, en train de recoudre un bouton sur un vieux costume bleu élimé. C'est son hobby: il participe à des reconstitutions historiques de la guerre d'Indépendance. Avec ses copains, ils se retrouvent sur un terrain de foot pour rejouer la bataille de Bunker Hill. Bref, ils se tirent dessus, ils mettent la pâtée aux Britanniques et après ils vont manger un morceau.

Sandwich au rosbif, le genre de truc bien sanglant qu'on a envie de manger après une bonne bataille.

– Papa ?
Il n'a pas levé la tête.
– Papa, je suis désolé de t'avoir traité de vieux singe plein de cambouis.
Il a gardé la tête baissée.
– Et de poussière. Et… je regrette d'avoir dit que tes citations sont débiles.
J'ai attendu qu'il me parle, mais il est resté là, à coudre, sans dire un mot. Ça se passait encore plus mal que je ne l'avais imaginé.
– Le truc, c'est que… je… C'est la pire année de ma vie. Et pas seulement parce que je n'aime pas… que je déteste l'histoire, même. Mais… Paul m'a fait un coup dans le dos. Je savais qu'il avait des défauts, mais en

fait, je m'aperçois qu'il n'est pas du tout celui que je croyais. Du tout du tout. Et puis, on arrive à la fin de l'année et je n'ai pas un seul ami au collège. Alors… j'imagine que j'ai passé mes nerfs sur toi.

Mon père a fini par lever la tête. Il a posé son aiguille et m'a regardé droit dans les yeux.

– Quand j'avais ton âge, j'avais aussi des difficultés en histoire, je trouvais ça ennuyeux, je ne comprenais pas bien l'intérêt.

Jamais au grand jamais je n'avais entendu mon père prononcer les mots « histoire » et « ennuyeux » dans une même phrase.

– Mais alors… comment se fait-il que ça t'intéresse autant maintenant ? me suis-je étonné. Tous les gens dont on parle sont morts. Et tous les trucs qu'on apprend sont rasoirs.

– C'est vrai. L'histoire, ce ne sont que des vieilleries et des morts. Et je suis d'accord, les dates, les batailles, les traités et tout ça, peuvent avoir un côté un peu répétitif. Mais il ne faut pas s'arrêter à ça…

Mon père a tiré quelque chose de sous la table. Un sac. Pas un vieux sac plastique réutilisé mille fois, déchiré, avec les poignées décolorées. Non, un sac tout neuf, de la librairie Binders.

– Je t'ai acheté un truc.

Alors qu'il sortait le livre du sac, un petit papier blanc s'en est échappé. Un ticket de caisse. Je n'en revenais pas. Il m'avait acheté un livre neuf !

– D'accord, c'est un livre d'histoire, mais je te promets que ce n'est pas rasoir. Ce sont des nouvelles sur les grands hommes de la guerre d'Indépendance. George Washington. Benjamin Franklin. Benedict Arnold. Des types qui ont accompli des exploits incroyables.

Je l'ai pris et j'ai caressé la couverture brillante du bout des doigts.

– Je pense que ça va t'intéresser. Ces hommes n'étaient pas parfaits. Ils ont parfois pris de mauvaises décisions, mais beaucoup de bonnes aussi. Et ces décisions influencent encore notre vie aujourd'hui.

J'ai constaté que c'était écrit gros et qu'il y avait beaucoup d'images. Comme si c'était fait exprès pour les enfants allergiques à l'histoire.

– Ce livre m'a beaucoup apporté quand j'avais ton âge. J'espère qu'il t'aidera aussi. Tu pourrais même trouver dans ce livre la réponse à des questions que tu te poses. Aujourd'hui. Dans ta vie.

– Papa, ce que j'aimerais vraiment savoir, c'est comment trouver la faucille dans *Secret Cavern*. Et je doute que ce livre puisse m'y aider.

– On ne sait jamais.

Cher John ? Sally ? Ben ? H3imalou ? Zringelop ?

J'ai passé ces deux dernières semaines à travailler, travailler, travailler. Tous les jours. L'histoire, l'histoire, et l'histoire encore.

Durant la première quinzaine de juin, Juliette Shamo est venue chaque soir après les cours pour me faire réviser. C'était une vraie torture et ça m'a coûté un an d'argent de poche en Smarties, mais au bout d'un moment, j'ai fini par retenir quelques trucs.

Thomas Paine, grâce à son pamphlet *Le Sens commun*, a donné envie aux gens de se battre pour leur liberté.

Paul Revere a chevauché toute la nuit pour avertir les colons que les Britanniques préparaient une attaque.

George Washington a convaincu pratiquement toutes ses troupes de continuer à se battre pour l'indépendance à Trenton, alors qu'ils étaient à bout de forces, qu'ils avaient faim, froid et qu'ils étaient légalement autorisés à rentrer chez eux.

Benedict Arnold a décidé de changer de camp et de passer du côté des Britanniques. Ce déserteur a trahi l'armée des patriotes.

Il y avait tant et tant de choses à apprendre. Impossible de tout retenir. Enfin, au moins, j'ai essayé.

L'histoire de Benedict Arnold m'a marqué. En partie grâce au livre de mon père, mais aussi parce que je comprenais parfaitement ce qu'était une trahison. Laisser tomber un ami fidèle pour passer de l'autre côté. Et c'était exactement ce que j'avais fait à Paul.

En fait, il avait bien donné quelque chose à Nick pour savoir comment trouver la faucille. Mais ce n'était pas notre secret. Il lui avait donné son portable. C'est Juliette qui me l'a dit quand on révisait. Tout le collège était au courant à part moi, visiblement.

Paul lui avait donné ce qu'il avait de plus précieux afin que, tous les deux, on puisse enfin passer au niveau 13.

Et maintenant, entre nous, c'est fini. J'ai bien essayé de regarder dans sa direction pendant le cours de M. Tropas, mais il a détourné la tête. J'imagine qu'il doit avoir un autre meilleur ami, maintenant.

Juste après le dernier contrôle d'histoire, je suis rentré directement à la maison. Je me suis assis sur mon lit, entre Alice et Béa, et j'ai lancé *Secret Cavern* sur mon ordinateur. J'étais toujours coincé au niveau 12.

La seule différence, c'est que je savais comment passer au niveau 13. Je n'avais pas d'astuces, de secrets ni rien. Seulement je savais que, si je voulais y arriver, il fallait que j'essaie jusqu'à ce que je réussisse. Et une fois au niveau 13, je ne m'arrêterais pas là, je continuerais pour passer au niveau 14. Comme ça, si un jour Paul décidait de m'adresser la parole à nouveau, je pourrais lui montrer comment y accéder.

Aussi dingue que cela puisse paraître, toute une année scolaire s'est écoulée depuis que j'ai commencé ce journal. C'est la dernière fois que j'écris, parce qu'on doit le rendre demain à M. Tropas.

J'espère que ça vous a permis de comprendre comment on vivait bien avant votre époque.

Et que, où que vous soyez, vous êtes heureux. Que les contrôles ne sont pas trop durs, que vous avez des jeux vidéo aussi cool que *Secret Cavern* et des tonnes de beignets – si vous avez l'occasion d'y goûter, je vous conseille vraiment celui au chocolat avec des vermicelles arc-en-ciel dessus.

Amicalement,
Léo

Salut ! Bye-bye ! Zip Dop Snorg !

Je rajoute ces quelques lignes discrètement parce que je voulais vous raconter comment s'est passée ma dernière journée de cours.

On m'a rendu mon contrôle d'histoire.

J'ai enfin eu un C.

De justesse.

J'avais travaillé dur, j'étais content, mais quand même un peu déçu parce que ça n'allait pas changer ma moyenne sur mon bulletin.

La dernière personne que j'avais envie de voir, c'était M. Tropas. Je l'ai donc évité toute la journée, mais à la fin des cours, je n'ai pas eu le choix. J'ai dû aller lui rendre mon manuel d'histoire parce que je devais vider mon casier.

Il était tout seul dans la classe, en train de lire un vieux bouquin poussiéreux. Il n'a même pas levé la tête quand je suis entré. J'ai donc posé mon livre sur son bureau sans rien dire et j'ai tourné les talons.

Je me suis arrêté net en entendant :

– Léo ?

M. Tropas ne m'appelle jamais par mon prénom.

– Je voulais te dire la moyenne que tu as au dernier trimestre.

Je me suis retourné face à lui. J'avais la bouche sèche et les mains moites.

– C'est bon, monsieur, ai-je bafouillé. Je verrai bien sur mon bulletin.

– Non, je préfère te le dire en face.

Il a rajusté son nœud papillon, m'a dévisagé de son air triste puis a déclaré :

– Je vais te mettre un C +.

– Mais… j'ai à peine eu la moyenne au dernier contrôle.

– Je sais.

– Et je n'ai eu que des D toute l'année.

– Je sais.

– Et j'ai fait une conférence sur le Citroclair à la Société historique.

– Pas la peine de me le rappeler.

– Mais alors… vous ne me détestez pas ?

– Léo, ce n'est pas la question. S'il y a une chose à retenir de mon cours, c'est que toutes les personnalités dont on parle dans les manuels d'histoire sont des gens qui ont eu le courage de leurs opinions.

Le pire, c'est que je comprenais tout à fait ce qu'il voulait dire.

– Et puis, j'ai une autre raison de remonter ta moyenne. J'ai lu ton journal pour la capsule temporelle et… c'est pas mal du tout.

Si, si, vraiment. Il a dit « pas mal ».

– Mis à part les frises chronologiques… Ridicules ! Non, mais franchement, des singes qui dansent sur Mars ?

– Bon, d'accord, ai-je reconnu. C'était un peu débile. Mais ce serait possible, non ?

– Je répondrai en citant un certain Voltaire. « Un jugement trop prompt est souvent sans justice. »

– Je suis désolé, monsieur Tropas, mais je ne comprends pas.

– Ça veut dire que l'histoire nous le dira.

Voltaire   Chanteur du groupe Voltaire

(Je suppose que M. Tropas parlait du type sur la gauche.)

En quittant le collège, j'ai croisé Paul près des casiers. Il était en train de discuter avec Lana Fukumoto. Je ne suis pas sûr mais j'ai bien l'impression qu'il préparait déjà le prochain bal du collège.
– Tiens, salut, Paul, ai-je lancé.
Il s'est tourné vers moi, sans dire un mot.
– C'est bon, Paul, ne t'en fais pas. J'ai vraiment été idiot, je comprends que tu ne veuilles plus être mon ami. Mais je voulais te dire comment accéder au niveau 14 de *Secret Cavern*. C'est le moins que je puisse faire.

Je lui ai expliqué que, armée de sa faucille, Susie devait entrer dans une immense grotte pour affronter des chauve-souris géantes, des anguilles aux mâchoires monstrueuses ainsi que la sorcière des stalagmites.
– C'est dur, vraiment pas facile. Mais c'est faisable, ai-je affirmé. Il faut que Susie ait toujours sa faucille. Et qu'elle ne la lâche jamais.

Paul s'est approché, il m'a pris dans ses bras et m'a serré dans une sorte d'étreinte virile.
– J'aurais dû te dire ce que je complotais avec Nick, mais je voulais te faire la surprise. Je suis désolé, Léo.

Visiblement, il ne m'en voulait plus de l'avoir accusé de traîtrise. Et il était d'accord pour redevenir mon meilleur ami.

Bon, il allait sûrement continuer à courir après les filles. Et quand il aurait un nouveau portable, il resterait pendu des heures au téléphone juste devant moi. Mais je préférais ça que de ne plus avoir mon Paul, de ne plus avoir cet ami qui me connaissait mieux que quiconque. Et qui, en cet instant précis, sans que j'aie rien dit, avait deviné que quelque chose clochait.

– Qu'est-ce qui ne va pas ?

– J'ai eu C+ en histoire.

– Ça n'a pas l'air de te faire plaisir.

– Si, si… mais il fallait que j'aie un B pour avoir ma propre chambre.

– Léo, je sais que tu adores les citations alors en voilà une de mon invention : « Si tu veux ta chambre à toi, ton papa tu supplieras. »

Je voyais ce qu'il voulait dire. J'ai décidé de suivre son conseil. En rentrant à la maison, je suis tout de suite allé voir mon père qui réparait un mixeur dans son atelier.

– Salut, p'pa ! Même si je n'ai pas eu B en histoire, tu crois qu'il y a une chance que j'aie un jour ma chambre à moi ?

– Je vais y réfléchir.

– Et si Paul et moi, on finissait de construire l'abri de jardin cet été ?

Soudain, mon père a relevé la tête pour me dévisager d'un air grave.

– Je ne suis pas sûr que tu aies le loisir de bricoler pendant les vacances.

– Bah… je n'ai pas cours pendant trois mois, ça me laisse du temps pour moi. Plus la peine de me tracasser avec les devoirs, tout ça…

Comme mon père prenait l'air encore plus sérieux, mon sourire s'est évanoui.

– Je crois que cet été ne va pas se dérouler exactement comme tu l'imaginais, Léo.

– Mais… tu es d'accord que les vacances, c'est fait pour se déconnecter, permettre au cerveau de recharger les batteries… pas vrai, papa?

Il a enfoncé un papier qui dépassait de la poche de sa chemise. J'ignore de quoi il s'agissait, mais j'ai cru distinguer un titre en lettres gothiques…

– Pas vrai, papa? ai-je insisté d'une voix tremblante.

Mais il s'est contenté de répondre :

– On verra, Léo, on verra.

REMERCIEMENTS

Merci, Beau et Charlie, pour votre participation active. Ce livre est aussi le vôtre.

Papa, maman, Yve, Rob, Cara, Duff, Lynn, Greg, Aida, Allison, Jamie, Monica, Anna, Hilary, Griff, Steffani, Sintra, Wendy, Frances, Eve, Peter, Leo, Lynn B., Jill, Alison, Heather, Stacy, Maddie, Dave, Jan, et Ian – merci à vous tous pour votre aide et votre soutien.

Merci, Laura Dail et Susan Chang. C'est un honneur de travailler avec vous deux. Et merci à Bianca Howell, qui n'abandonne jamais et m'a incitée à suivre son exemple.

L. A. CAMPBELL

L.A. Campbell a grandi à Park Ridge, dans le New Jersey, et a fait des études de journalisme à l'université du Colorado.

Elle a fondé sa propre agence de publicité, qui a remporté des prix pour ses campagnes pour Comedy Central ou le New York Magazine.

Léo Sacrin, Mémoires catastrophiques pour les collégiens du futur est son premier roman. Elle vit à New York avec son mari et leurs deux enfants.

Tu as aimé les aventures de Léo Sacrin ?
Découvre d'autres histoires pleines d'humour
et de fantaisie :

CHITTY CHITTY BANG BANG

M. Klaxon a-t-il perdu la tête ? A-t-il vraiment l'intention d'embarquer toute sa famille dans un vieux camping-car déglingué pour faire le tour du monde ?

Mais Chitty Chitty Bang Bang n'est pas un véhicule ordinaire. Désormais équipé d'un moteur d'avion, ce bolide peut voler ! Alors atttachez vos ceintures et… bon voyage !

COMMENT ÉDUQUER SES PARENTS

Louis vient de déménager avec sa famille et il a beaucoup de mal à se faire à sa nouvelle vie et à son nouveau collège. D'autant plus que ses parents sont influencés par leurs nouveaux voisins qui ne laissent pas un instant de libre à leurs enfants, estimant qu'ils doivent être excellents dans tous les domaines... Louis, jusque-là, menait une existence tranquille, rêvait de devenir un jour un acteur comique et n'accordait pas trop d'importance aux études !

BIG NATE

Big Nate sait qu'il est destiné à accomplir de très grandes choses. Sauf qu'il a l'art de s'attirer les pires ennuis… D'après lui, c'est la faute des profs. Ils s'acharnent sur lui ! Pourquoi est-ce toujours lui qu'on interroge ?

Loi n° 49-956 du 16 juillet 1949
sur les publications destinées à la jeunesse

Mise en pages : Karine Benoit

Dépôt légal : novembre 2013
ISBN : 978-2-07-065153-5
N° d'édition : 248753
Achevé d'imprimer sur Roto-Page
par l'imprimerie Grafica Veneta S.p.A.
Imprimé en Italie